꽃구름

꽃구름

초판 발행 | 2020년 11월 20일

지은이 | 성정애
펴낸이 | 신중현
펴낸곳 | 도서출판 학이사
출판등록 : 제25100-2005-28호
주소 : 대구광역시 달서구 문화회관11안길 22-1(장동)
전화 : (053) 554~3431, 3432
팩스 : (053) 554~3433
홈페이지 : http : // www.학이사.kr
이메일 : hes3431@naver.com

ⓒ 2020, 성정애

이 책은 저작권법에 따라 보호받는 저작물이므로 무단복제를 금합니다.
내용의 전부 또는 일부를 이용하려면 반드시 저작권자와 학이사의 서면 동의를 받아야 합니다.

ISBN _ 979-11-5854- 271-9 03810

* 이 책은 "경북문화재단 코로나19 극복 지역 문화활동 창작활동비" 를 일부 지원받았습니다.

꽃구름

성정애 수필집

夢而思 | 학이사

부끄러움을 무릅쓰고 은사님의 강권으로 첫 수필집을 낸 지가 올해로 하마 15년째다. 그동안 여기저기 동인지에 발표한 수필들을 챙겨보니 한 권의 책으로 묶기에 양은 충분한데 글의 내용이 문제다.

15년이란 세월은 강산이 변하고도 남을 아득한 시간이다. 현대인들과 소통이나 될까 하는 두려움이 없지는 않지만, 내 삶의 궤적을 엮는다는 의미에서 싣기로 했다.

오래전, 라디오 인터뷰에서 글 쓰는 이유를 묻는 말에, '잘 살기 위해서' 라는 말을 했는데, 그 대답은 지금도 변함없다. 나를 온전히 드러내는 수필이야말로 수신修身에 더없는 무기이며, 지행합일知行合一에 이르도록 부단히 노력해야 함은 내 삶의 의무다.

이순을 넘기고 보니 흘러가는 구름 한 조각, 바람에 묻어오는 풀꽃 향기, 쓰레기통의 악취, 흩어지는 낙엽, 발에 채는 돌멩이 하나, 죽은 개미를 물고 가는 개미 한 마리, 거미줄에 걸린 호랑나비, 가을밤 풀벌레 소리, 아이들 웃음소리, 번다한 시장통의 사람 사는 모습…. 오감五感으로 느낄 수 있는 모든 것에 나의 육감六感을 가동하면 그것들은 모두 나의 스승이 된다.

세계일화世界一花라는 말을 요즘처럼 실감한 적이 없다. 삽시간에 세상을 점령한 바이러스는 내 생에 한 번도 경험하지 못한 세상을 만들어버렸다. 만남을 금지하는 천형의 유배지에서, 더 많이 사색하고 궁구하여 삶의 비의秘意를 열어볼 수만 있다면….

2020년 가을에

성정애

차례

2부 인연

1부
오늘같이 기쁜 날

2020년 봄날의 스케치

팬데믹이란다. 오늘도 뉴스는 암울한 얘기들뿐이다. 유럽 각국이 국경을 폐쇄하였지만, 지도상에는 이미 유럽 전체가 붉은 물이 들었다. 이탈리아는 하루 사망자가 천여 명에 육박하고, 시신을 안치할 장소가 없어 체육관과 성당에 방치했던 시신을 군용트럭이 줄지어 와서 어디론가 싣고 가는 모습이 뉴스를 탄다. 아시아의 공룡 중국에서 시작된 코로나는 세계를 잠식하고 있다.

사람을 무서워하라는 온갖 매체의 경고에 따라 사람을 기피한 지 한 달이 넘었다. 서로 자기 고장으로 나들이 오라던 지자체의 축제는 제발 오지 마시라는 사정으로 바뀌었다. 떡장수 엿 사 먹고, 엿장수 떡 사 먹어야 경제가 돌아가는데, 집에 들어박혀 사회적 거리를 두라니 연일 코스피 지수는 곤두박질을 친다.

　하필 벚꽃이 절정일 때 찾아온 비바람이다. 장화를 신고 우산을 받쳐 들고 집을 나섰다. 오라는 곳도, 갈 곳도 없어 그저 동네 구석구석을 훑어본다. 저기 후미진 산 끝자락에 비에 젖은 진분홍 복사꽃이 나를 유혹해 금줄을 넘었다. "경작금지"라는 표지판이 무색하게 삐뚤빼뚤 일궈 놓은 손바닥만 한 땅뙈기에는 마늘이며 파, 유채가 제법이다.

　무슨 공사를 할 모양인지, 바위들이 산더미처럼 쌓여있다. 그중에는 굴지의 기업 소장으로부터 받은 명장 칭호의 비석 두 개가 비를 맞고 나뒹굴고 있는데, 새로 단장할 것인지 용도폐기 되어 버린 것인지 알 수가 없다.

　학교와 학원이 봉쇄되면서 아이들이 찾던 공원도 오늘은 텅 비었다. 농구장 잔디밭에는 비둘기 두 마리와 참새 다섯 마리가 사이좋게 어울려 먹이를 찾고 있다. 한참을 보고 있어도 내 의중을 간파했는지 전혀 경계심 없이 종종거린다. 지난번 서울역 앞에서 노숙자 할아버지가 뿌려주는 먹이를 먹을 때처럼 참새와 비둘기는 먹이를 두고 서로 다투는 법이 없다.

　공원 끝자락 산기슭에는 20년 넘은 벚나무가 늘어서 있다. 엊그제까지만 해도 꽃눈이 볼그레 눈뜨는 중이었다. 그날 기세 좋게 뻗은 벚나무 둥치에 기대어 올려다본 하늘. 거기에는 알람브라궁전 벽면 무늬처럼 아련한 그림들이 펼쳐져 있었다. 파란 하늘 바탕에 도도록한 꽃가지들이 그려내는 기하학적인 무늬.

궁전의 회랑을 따라 부조浮彫된 이색적인 이슬람의 문양들. 세월의 더께에 마모되고 탈색되어 희미하게 남아 있던 그 무늬들은 구중궁궐 속에 갇혀서 사랑을 갈구하며 시들어 가던 비빈들의 모습과 대치되어, 무상無常의 진리를 확인하던 아름답고 슬픈 궁전이었다.

며칠 사이 꽃망울은 남김없이 터져 꽃구름을 이룬 오늘, 하필이면 비바람이 찾아와 여린 꽃잎들을 사정없이 흔든다. 직박구리는 떼로 몰려와 꿀을 따는지, 물을 먹는지 연신 꽃잎을 훔친다. 저 새들도 꽃 지기 전에 올해의 만개한 벚꽃 잔치를 즐기는지도 모른다는 생각을 하니, 그들의 억세고 시끄러운 소란이 잔칫집의 흥겨움만 같다.

참새 떼는 아래쪽 가지로 포르륵포록 날아들고, 까치는 참새들을 내쫓고, 매는 그런 까치를 노린다. 까마득한 꼭대기에 붙어서, 비바람에도 끄떡없이 흐느적거리고 있는 벌집에 사는 벌들은 비 때문에 꿀 따기를 포기했는지 오늘은 한 마리도 보이질 않는다. 만물의 영장이라는 인간들은 코로나19에 볼모로 잡혀 있지만, 자연계의 동식물에게는 아무런 위협이 되지 않는다. 그러고 보면 '만물의 영장'이라는 타이틀이 무색하다.

며칠 내에 꽃대궐은 흔적 없이 사라지듯, 코로나19라는 괴질도 언젠가는 우리 곁에서 사라질 것이다. 그래, 무상無常은 고통이면서 축복이기도 하다.

고향 쌀밥

오늘은 특별히 순 쌀밥을 지었다. 명절도 아니고, 조부모님의 제삿날도 아닌데 남편이 웬일이냐는 듯 밥그릇과 나를 번갈아 본다.

내 것은 아니지만, 바라만 봐도 흐뭇하고 넉넉했던 가을 들녘은 나날이 비어가고, 산야의 초목들은 알록달록 제 성정대로 물들어가는 늦가을이다.

반백 년 전의 시리고 추웠던 가을 들녘이 어제 일처럼 선명하게 다가온다. 세월 따라 농작물의 생장 속도가 빨라 가을걷이도 빨라진 것인지, 기후변화 때문인지, 아니면 헐벗은 입성 때문이었는지, 어릴 적 가을걷이철은 지금보다 훨씬 추웠다. 하얗게 서리 내린 이른 아침, 추수 끝난 논에서 언 손을 비비고 불어가며 벼 이삭을 줍던 열 살 남짓의 내가 겪었던, 그날의 시렸던 냉기를 내 몸은 아직도 생생하게 기억한다.

춥고 배고팠던, 그날 아침에 주웠던 벼 이삭을 탈곡하면 한 줌의 쌀이나 되었으려나. 참으로 가난했던 한 시절이다. 그때의 햅쌀밥은 구수한 향기에 윤기, 찰기까지 더해 반찬이 필요 없을 정도로 꿀맛이었다.

그랬던 우리가 반세기도 안 되어 세계 11위의 경제순위를 차지하였으니, 참으로 대단한 민족임을 자찬하지 않을 수가 없다. 모자라는 쌀을 대신하여 혼식 분식을 장려하던 때가 엊그제 같은데, 요즘은 건강을 위하여 흰쌀밥을 멀리한다. 한 가정의 식단을 책임진 나도 시류에 따라 온갖 잡곡을 섞어서 밥을 짓는다. 남편은 흰쌀밥을 좋아하지만, 건강을 이유로 특별한 날을 빼곤 잡곡밥이다. 그런데 오늘은 특별한 날이 아님에도 흰쌀밥을 지었으니, 사연이 궁금할 수밖에.

해마다 가을걷이가 끝날 즈음이면 고향 친구가 햅쌀 한 가마니를 보내준다. 벌써 몇 년짼지 횟수도 가물가물할 만큼 긴 시간이다. 대구에서 직장을 다니는 친구는 돈을 모아 고향에 논을 샀다. 그 논에서 수확한 쌀을 한꺼번에 몽땅 찧어 전국 각지에 흩어진 친지들과 친구들에게 골고루 나눠준다는 소문이다. 가까이 사는 지인의 말을 들으면 트럭 한 대분의 양이란다. 그뿐 아니다. 추수를 끝낸 땅에 일손을 사서 양파를 심어 오뉴월이면 양파를 또 그렇게 전국으로 나눈다. 그 무거운 양파 자루와 쌀자루를 들었다 놓았다 몇 번을 해야 우리 집에 배달이 될 텐데, 그 수고를 마다하지 않고 해마다 우리 집까지 고향의 양파와 햅쌀이 찾아온다. 그 친구와 나는 자주 만나는 사이도 아니다. 기껏 이삼 년에 한 번 정도, 고향에서 행사가 있을 때나 만날 뿐이다. 그렇다고 평소에 전화로 안부를 묻고 수다를 떠는 그런 사이도 아니다. 그러니 내 상식으로는 그 친구를 이해할 수가 없다. 처음 한 두 번이야 고향 땅에서 나온 농산물이니 자랑삼아 보낼 수 있지만, 오랜 세월 매년 그렇게 나눌 수 있는 것은 내 도량으론 불가능하다. 왜냐면 그 친구가 큰 부자는 아니기 때문이다. 그저 나 같은 소시민에 불과한 친구이기에 그의 나눔이 내게 큰 울림을 준다.

꽁꽁 동여맨 포대를 풀어 생쌀 한 줌을 입 안에 털어 넣었다. 어릴 적 엄마 몰래 먹었던 구수한 햅쌀의 맛. 오늘만큼은 순 쌀밥을 먹어야겠지. 햅쌀의 향이 빠질까 봐 설렁설렁 헹궈 밥솥에 앉히고 백미 코스를 누른다.

어릴 적 귀한 쌀밥을 먹을 때 같이 먹었던 반찬을 떠올려 본다. 그랬다. 첫 추수를 하고 햅쌀밥을 처음 먹던 날은 반찬도 좋았다. 내륙이라 생선이 귀하던 곳이었지만, 가을걷이에 힘들었던 식구들을 위해 엄마는 불 땐 아궁이에 석쇠를 얹어 간갈치 구이를 하거나, 제철인 무를 어슷비슷 삐져 넣고 배추를 쑹덩쑹덩 썰어 넣은 갈칫국을 끓여 주셨다. 그때 먹었던 기막힌 맛, 고향을 떠난 뒤론 맛볼 수 없었다.

전기밥솥의 압력이 빠지면서 구수한 밥 냄새가 집 안에 가득하다. 오늘의 반찬으로는 엄마처럼 숯불 석쇠에 구운 갈치가 제격이겠지만, 할 수 없이 나는 프라이팬에 갈치를 굽고, 구운 날김과 짝을 맞출 간장 종지에 참기름을 듬뿍 넣는다. 묵은 배추김치 한 가지만 더 추가.

본래 흰쌀밥을 좋아하는 남편은 말할 것도 없고, 나는 고향의 쌀밥에서 어릴 적 맡았던 내 고향 산천의 공기와 물맛과 유년의 추억까지 더듬는다. 그러고 보니, 간장에 넣었던 참기름도 지인이 농사지은 햇참깨로 짠 기름인데, 이것도 선물로 받았으니 내가 인복은 타고났나 보다.

그나저나 자꾸만 늘어가는 내 빚은 어떻게 갚지?

엄마 전화

휴대폰이 울린다. 발신자 표시에 뜬 '엄마' 라는 단어에 당황하다가 이내 상황판단을 한다. 엄마! 우리 엄마! 돌아가신 지 어언 육 년이 되어버린 엄마가 가끔 내 휴대폰으로 찾아와 나를 깜짝깜짝 놀라게 한다.

그럴 리가? 실은 생전의 엄마 휴대폰 번호를 그대로 사용하는 우리 올케한테서 온 전화다. 엄마는 돌아가셨지만 나는 휴대폰 연락처에서 엄마라는 단어를 지우기 싫어 그냥 두었고, 어쩌다 걸려오는 올케의 전화에 나는 아직도 목이 멘다. 영문을 모르는 올케는 첫마디로 매번 "형님, 어디 아프세요?" 라고 묻는다.

부모님 살아생전, 힘에 부치는 농사일을 그만두라는 자식들 말에, 엄마는 죽으면 썩을 몸 아껴서 뭐 하냐는 대답이셨다. 연로하신 두 분이 걱정된 우리 육 남매는 자주 찾아뵙는 수고를 덜려고 두 분께 휴대전화를 장만해 드렸다.

나는 엄마와 휴대폰으로 통화를 한 기억이 없다. 엄마한테 전화를 거는 시간이 내가 한가한 아침이나 저녁 시간이다 보니, 그 시각이면 엄마도 집에 계실 때라 굳이 휴대폰으로 전화를 할 이유가 없었다.

사실 엄마한테 휴대폰을 장만해 드렸던 이유는 논밭에 나가 일을 할 때나 외출해서 급한 일이 생겼을 때 연락하시라고 사 드렸다. 그런데 지금 생각해 보니 나는 한 번도 휴대폰의 용도에 맞는 시간대에 전화를 걸어 엄마의 안부를 물었던 적이 없는 것 같다.

언젠가 급한 일이 있어 폰으로 엄마를 찾았는데 불통이었다. 그제야 나는 엄마의 휴대폰은 오래전에 주인으로부터 방치되었다는 사실을 알았다. 찾는 이 없는 전화기를 들고 다닐 이유가 없었던 셈이다.

그러고 보니 한 달에 서너 번 정도, 내 달콤한 새벽잠을 깨우던 신원 미상의 할머니 전화가 끊긴 지도 한참 되었다. 전화벨 소리에 수화기를 들면 한결같이 들려오는 첫마디는 "절믄이가?"였다. 수화기 너머의 목소리로 짐작건대 칠팔십 대 할머니

같았다. 낯선 사람의 전화에 그리 관대하지 않은 내가 2년째 이 할머니의 전화를 친절하게 받아준 이유도 그 "절믄이가?" 때문이다. "절믄이가?"는 경상도 지방의 시어머니가 며느리를 지칭하는 '젊은이냐?'의 사투리다. 고인이 된 엄마가 올케와 통화할 때 맨 먼저 하시던 말씀이다.

처음엔 나도 "절믄이가?"란 전화를 받고 무슨 말인지, 누군지를 확인하느라 "여보세요?"라고 되묻자 전화를 끊어버렸다. 전화가 거듭되면서 거기 포항이 아닌가? 묻기에 이르렀고, 나중에는 집까지 찾아달라 하셨다. 대화는 언제나 미완성인 채로 끝났다. 해를 넘겨서 이어지는 전화였지만 할머니가 사는 곳도 모른다. 몇 마디 오가면 전화는 끊긴다. 발신자 조회를 해 봐도 제대로 된 번호가 뜨지 않았다.

이런 전화를 받을 때마다 부모님 살아계셨을 적에 자주 전화 드리지 못했던 것을 후회하지만, 이미 때는 늦었다. 고된 농사일에 지쳤을 엄마한테 전화 한 통화 드렸다면 엄마의 농사일이 훨씬 수월했을 테고, 혹여 외출 중에 전화를 받았다면 그 외출이 더 즐겁고 신났을 것이다. 그랬다면 엄마의 휴대전화도 엄마로부터 버림받지도 않았을 테다. 어리석은 사람은 늘 뒷북을 치듯, 나는 내 휴대전화 연락처에서 엄마를 지울 수가 없고, 가끔 걸려오는 엄마 전화에 소용없는 후회로 가슴이 아린다.

몇 달째 전화가 없는 그 할머니는 어찌 된 일일까? 애타게 찾던 아들네로 가신 것일까? 부모님의 자식에 대한 영원한 짝사랑! 그 사랑으로 인류는 영원하리라.

행복한 사람

한때, 상담공부에 열을 올리고 있을 무렵, 학회에서 주관하는 1박 2일의 워크숍에 참석했었다. 참가자들의 신분은 참으로 다양했다. 처음 한동안은 사회적인 신분과 자아의식 때문에 쉽게 마음을 내놓지 못하고 분위기는 겉돌았다.

그러나 하루 12시간 동안 계속되는 훈련으로 차츰 마음의 빗장을 열게 되자 둘째 날부터는 심연에 가라앉아 있던 저마다의 분노와 상처, 불행, 슬픔들이 쏟아져 나왔다.

"…10년 동안이나 처가 식구들이 합세해서 나를 감쪽같이 속였어요. 그 사람들이 용서가 안 돼요. 재혼했는데, 옛사람에게 당한 것이 생각나 내 모든 것을 던져 사랑할 수가 없어요."

"어릴 적 나만 미워한 엄마가 아직도 싫습니다. 이제는 늙은

어머니를 생각하면 불쌍하다는 생각도 들어 좋은 마음으로 찾아
가도 만나기만 하면 싸우게 됩니다. 살이 꼈는지… 차라리 연을
끊고 사는 게 낫다는 생각이 들어요."

"나를 버리고 내 친구와 결혼한 첫사랑을 잊을 수가 없어요.
남편에겐 미안한 일이지만 젊은 시절에는 미워서 잊을 수가 없
었고 이젠 미움이 그리움이 됐어요."

"나를 버린 엄마를 용서할 수가 없어요."

"내 돈을 떼먹고, 사업을 망하게 한 그놈을 용서할 수가 없습
니다."

첫날 자기소개 시간에 알게 된 그들은, 나름대로 제 분야의 일
을 가지고 있고, 당당하고 자신감 있는 사람들이라, 마음 깊은
곳에 고통이나 분노 따위를 숨기고 있는 사람들 같지가 않았다.

발표시간 때, 유난히 야무지게 자신의 의견을 조리 있게 개진
하던 그녀는 '마음 내놓기' 시간에는 말을 꺼내기도 전에 설움
이 복받쳤는지 한참을 흐느끼며 울다가 오직 한마디로 끝맺었
다.

"그를 용서하는 것이 내 삶의 의무입니다."

참여했던 모든 사람은 그녀의 슬픔이 무엇인지 끝내 알 수 없
었지만, 함께 울었다. 서로의 상처들을 보듬으면서 우리는 하나

가 되어갔다. 나보다 잘난 사람이라 시기하고 질투할 경쟁자도 아니고, 나보다 못하다고 얕볼 상대가 아니라 우리는 모두 동체 대비의 중생들일 뿐이었다. 이런 지도자 교육을 통해 우리는 내 담자의 아픔을 진정으로 공감하는 훈련을 하고 있었다.

그 당시 나도 생애 가장 힘든 시기를 보내고 있었다. 엎친 데 덮치고 악재가 꼬리를 물었다. 아침에 눈을 뜨고 싶지 않을 정도 로 우울했다. 교육을 받으면서 다들 이렇게 저마다의 가슴에 저 마다의 상처를 다스리면서 살아간다는 생각을 하자 한결 용기가 났다.

내가 지독한 우울증을 겪고 보니 길 가다 만나는 할머니들이 예사로이 보이지 않았다. 세상을 살아오면서 겪었을 온갖 풍파 를 견뎌낸 인내심이 존경스러웠다. 그래, 내가 훗날 누군가를 위 해 상담을 해 줄 때, 지금 내가 겪고 있는 이 고통은 그들을 진정 으로 이해할 수 있게 하고, 진정으로 공감을 할 수 있게 하는 밑 거름이 될 것이란 생각이 들었다.

오늘 어떤 음악회에서 사회자가 말한 에피소드는 나를 비롯해 고통받는 모두에게 금언이 될 것이다.

신부님께서 설교시간에 성도들에게 물었다.

"미워하지 말고 서로 사랑합시다. 사랑이야말로 구원입니다.

여러분들 중에 미워하는 사람이 한 사람도 없는 사람은 손 한 번 들어보세요."

그러자 뒤쪽에서 백발이 성성한 한 노인이 손을 들었다.

"역시 노 형제님은 잘 살아오셨습니다. 어떻게 해서 미워하는 사람이 한 사람도 없습니까?"

"미워하던 사람들이 다 죽어버렸어요."

고통의 태반은 누군가를 미워함으로부터 비롯된다. 설마 미운 사람이 한 사람도 없는 그 노인이 부러운 것은 아니겠지요?

미워할 사람이 있는 당신은 아직 행복한 사람입니다!

오늘같이 기쁜 날

"1947년 동짓달 스무사흘, 한 쌍의 부부가 백년가약을 맺었습니다.

그날로부터 만 60년의 세월이 흘렀습니다. 10년이면 강산이 변한다는데 강산이 여섯 번을 변한 참으로 기나긴 시간을 함께한 부모님을 경하하는 의미에서 여기 자손들이 일가친척을 모셨습니다.

긴 세월 동안 아마도 행복한 시간보다는 힘들고 어려운 날들이 훨씬 많았을 것입니다. 그러나 오직 자식들을 위해 그런 고난을 이겨내고 오늘 회혼례를 맞게 된 부모님의 노고에 깊은 존경을 보냅니다.

지지리도 가난했던 지난날, 우리 육 남매의 배를 곯리지 않으려고 온갖 궂은일도 마다하지 않으셨던 아버지.

일 년 열두 달을 언제 한 번 배불리 당신 배를 채웠겠습니까만, 봄만 되면 어머니 당신은 언제나 속병이 도져서 점심을 거르셨습니다. 그땐 몰랐습니다. 어머니가 어째서 점심때만 되면 속이 아픈지를. 죽을 싫어했던 우리의 투정이 어머니의 속병을 더 자주 앓게 한 것임을 세월이 한참 흐르고 어른이 된 후에야 알았습니다.

어릴 적 우리 어머니 후동댁은 택호와는 달리 참으로 별나고 엄한 어머니였습니다. 그런 어머니 덕분에 우리 육 남매 모두 반듯한 사회의 구성원이 되어 제각각 가정을 이뤄 두 분의 슬하에 스물여섯 명의 자손들이 형제간에 다툼 없이 서로 아끼며 잘 살고 있습니다. 이만하면 두 분의 한평생 성공한 것 아닙니까?

그리 내세울 것 없는 그저 그런 빈농의 부모님이셨지만 지금와서 생각해 보면 당신들의 올곧은 심성과 덕성은 오늘날 우리 육 남매가 우애 있게 잘 살아가는 밑거름이 되었으며, 그것은 저희에게 물려준 큰 재산입니다. 두 분의 노고에 진심으로 감사와 존경을 보냅니다. 여생도 지금처럼 건강하고 편안하시길 우리 자손들은 두 손 모아 기원합니다. 아버지, 어머니, 할머니, 할아버지 사랑합니다."

시간과 삶과 약속이란 이다지도 허망하단 말입니까?

"오늘같이 기쁜 날"은 물거품이 되어버렸습니다. "오늘같이 기쁜 날"은 지난 1월 26일 부곡의 한 호텔에서 가족 친지들을 모시고 부모님의 회혼례를 기념하는 자리에서 읽고자 쓴 글입니다. 그런데 어머니, 우리 어머니는 그 사흘을 못 기다리고 1월 23일 아침, 뇌졸중으로 세상을 하직하셨습니다.

부모님을 위한 마지막 잔치라고 생각한 자식들은 먼 데서 오신 손님들이 하룻밤 유숙하면서 정담을 나누라고 일부러 토요일을 택해 친지들을 초대했는데, 축하 초대장은 부고장으로 바뀌어버렸습니다.

부모님 생전 마지막 효도라 생각한 우리는 어느 때보다 마음이 들떠있었고, 어머니는 돌아가시는 그날 아침까지도 당신 손으로 밥을 지어 드실 만큼 건강하셨습니다. 그러니 어머니의 비보를 들은 우리는 아무도 믿으려 하지 않았습니다. 몇 번의 확인 전화를 거치면서 어머니의 임종이 사실로 밝혀지면서 내 앞에는 커다란 벽이 가로놓였습니다. 단절! 이젠 어머니와 어떤 소통도 할 수 없는 완벽한 차단!

농사일 그만하고 한여름과 한겨울 추위 때는 육 남매의 집으로 골고루 좀 다녀가시라고 하여도 당신 손을 기다리는 텃밭의 남새며 알곡들이 걱정되어 이틀을 자식들 집에서 일손 놓고 쉬지 못하는 어머니였습니다.

당신의 평소 성격처럼 온갖 알곡들 깔끔하게 다 갈무리해서 차곡차곡 쌓아놓고 미련도 후회도 없는 듯이 당신은 우리 육 남매와의 연줄을 단번에 끊고 훨훨 날아가셨습니다.

주인 잃은 곳간에는 밤잠을 줄여가며 가을 햇살에 갈무리했을, 당신의 체취가 듬뿍 밴 곶감이며 뽀얀 은행, 잘 익은 홍시, 팥, 들깨, 참깨 등등이 차곡차곡 쌓여있었습니다. 어머님이 주시는 마지막 선물, 당신 뜻에 따라 우리 육 남매 골고루 나눴습니다.

당신 손으로 심어놓고 거두지 못한 단 한 가지가 있었습니다. 그것은 초겨울에 심어 다음 해 초여름에 거두는 마늘인데, 올해 따라 유난히도 알이 굵었습니다. 당신의 유작은 이렇게나 실하고 튼실한데 당신은 어디로 가셨습니까. 가을이 오면 대문 앞의 아름드리 은행나무는 올해도 옹골차게 익힌 은행알을 흩뿌릴 텐데, 누가 있어 그것을 보석 같은 뽀얀 은행알로 거듭나게 하겠습니까?

"一切有爲法 如夢幻泡影 如露亦如電 應作如是觀…(일체유위법 여몽환포영 여로역여전 응작여시관)

일체의 모든 법(삼라만상)은 꿈과 같고, 환상과 같고, 물거품과 같고, 그림자와 같으며, 또한 이슬과 같고, 번갯불과 같으니 마땅히 그렇게 알고 그렇게 보아라.”

하도 억장이 무너져 마음을 다스리려 금강경 한 구절을 읊어 보았습니다만, 삼 일을 못다 기다리신 어머님께 생전에 전하지 못한 이 말은 통한으로 남습니다.
　“어머니 사랑합니다.”

보물을 줍다

보물을 찾아 뒷산을 오른다.

며칠 전, 산행길에서 나와 눈이 맞은 고놈 덕분에 억지 운동이었던 뒷산 오르기는 신명으로 바뀌었다. 탱글탱글, 오동통통, 똘방똘방, 반들반들한 고놈들을 낙엽 더미에서 줍는 일은 여간 즐거운 일이 아니다.

내 눈에 간택된 보물들은 이제 우리 집 식탁 위에 둔 함지박에 그득하다. 갈색, 짙은 갈색, 커피색, 동글이, 길쭉이, 종 모양….도토리 키 재기 하듯 나열해 놓고 보니 종류가 꽤 많다. 개중에는 꼭 밤송이같이 한가운데가 쩍쩍 갈라진 데다 모양도 색깔도 밤에 가까운 놈도 있다. 요런 놈은 주운 곳이 밤나무가 많이 있던 곳이었는데, 유유상종이라더니 밤을 닮고 싶었던 모양이다.

속된 표현으로는 밤나무와 불륜을 저지른 결과일 테고, 과학적인(?) 접근으로 보면 풍매화로 인해 반반의 유전자를 나눠 가진 결과일지도 모른다.

오늘은 아예 비닐봉지 하나를 챙겨서 집을 나섰다. 나의 발길은 어느새 등산로에서 가까운 참나무 숲으로 향했다. 낙엽 더미 위를 가만히 살피자니, 숲에 사는 친구들도 농부들의 가을걷이처럼 다가올 겨울준비에 여념이 없다. 줄지어 늘어선 개미들은 제 몸피보다 큰 먹이를 물고 끝없이 줄지어 어디론가 가고 있다. 도토리를 입 안에 가득 챙긴 다람쥐는 약탈범의 출현에 쏜살같이 나무 위로 달아나고, 거미들은 막바지 낚시를 위해 네트를 촘촘하게 펼쳐놓고 포획에 열중이다. 생명을 가진 존재가 짊어진 삶의 무게!

눈을 들어 하늘을 올려다본다. 고요한 숲에 단풍도 익어 절로절로 흘러내리고, 숲 사이로 얼비치는 쪽빛 하늘엔 흰 구름도 흐른다. 흐르는 구름 따라 피안으로 가는데, 투둑! 천둥소리에 놀란 가슴을 다독이며 주변을 두리번거린다. 도토리 떨어지는 소리를 천둥소리로 착각하고, 놀라 도망갔다는 동화 속의 도깨비가 생각나 어이없어 피식 웃음이 나온다.

잘 여문 도토리는 바람 한 점 없는 고요에도 스스로 떨어져 밑알이 된다. 요런 놈은 최고의 보물이다. 도토리를 주울 때, 내 나름의 선별 기준이 있다. 꼭지를 달고 있는 덜떨어진 놈, 이미 벌레가 선점한 놈, 떨어진 지 오래되어 탈색된 놈은 탈락이다. 이 기준을 지키다 보면 열에 예닐곱은 숲의 주인들에게 양보하는 셈이니, 다람쥐와 멧돼지의 양식을 강탈한다는 미안함은 없다.

나는 도토리묵이든 메밀묵이든 묵은 별로 좋아하지 않는다. 그럼에도 내가 도토리를 줍는 이유는 자연의 은총을 사람인 내가 외면할 수 없기 때문이다. 옛날, 먹을 것이 부족해서 풋도토리를 따 묵을 쑤면 묵 색깔이 푸르스름하였다는 지인의 말을 들은 적이 있다. 잘 여물어 초콜릿 빛깔이 나는 도토리묵을 별미로 먹을 수 있는 나는 얼마나 감사한 일인가. 초근목피로 지독한 가난을 견뎌내고 끝내 한강의 기적을 이룩한 우리의 아버지 어머니들께 무한한 존경과 감사의 마음을 보낸다.

지난 봄날의 그 지독한 가뭄을 견디고, 사지를 찢어발기는 태풍을 견디고, 뭇 벌레들의 등살에도 불구하고 끝내 열매를 익혀서는 대지의 식구들에게 나누어 주는 자연의 보시! 나는 도토리 한 알 한 알을 주울 때마다 소리 내어 감사하다고 되뇐다. 도토리를 여물게 하는, 땅과 물과 햇볕과 바람이 감사하고, 더불어 산천초목이 감사하고, 나아가 천지간의 만물이 감사하다.

머잖아 결실의 계절이 끝나고 세상이 동면에 들면, 그동안 주워 모았던 도토리로 묵을 쑤어, 내 곁에 있어 고마운 사람들과 더불어 막걸리 한 사발 곁들이며 세상사 얘기로 날을 지새워도 좋으리. 그날, 함박눈이라도 푹푹 내려줬으면….

눈 내리는 밤

선잠에서 깨어나 시계를 보니 새벽 2시 즈음이다. 내친김에 일어나 걱정 반 기대 반으로 창밖을 내다보니, 초저녁에 퍼붓던 눈은 어느새 그쳤다. 그런데 아파트 뒤쪽 차가 다니는 대로에 웬 남정네들이 얼씬거린다.

이런 야밤에 눈을 치우나? 그런데 저런 외진 길부터 눈을 치우는 게 수상쩍어 의자 위에 올라가 자세히 보니, 넉가래로 눈을 긁어모으는 사람, 눈을 플라스틱 통에 삽으로 퍼 담는 사람, 사각으로 성형해 놓은 눈을 가져다 쌓는 사람, 다섯 사내가 한밤중에 큰 공사를 하고 있다. 눈 장난을 하던 어린 시절이 그리운 것일까? 찻길이라 해도 폭설이 내리는 야밤이다 보니 통행하는 차는 한 대도 없다. 아니 차가 다닐 수가 없을 정도로 이미 많은 눈이 쌓인 도로다.

　눈이 귀한 지방에서 살다 보니 이 나이에도 눈은 낭만으로 다가온다. 근년 들어 인색하던 눈이 내리 사흘을 쉬지 않고 내리니 아파트 주민들은 꼼짝없이 들어앉아 아침저녁으로 눈 치우는 일로 소일을 하고 있다. 게다가 나는 면역력이 약하면 걸린다는 대상포진으로 병원을 가야 하는데, 50센티미터는 족히 되는 눈을 뒤집어쓰고 있는 자동차를 움직일 엄두를 내지 못하고 바깥 날씨만 살피고 있다. 그런데도 나는 아직 눈이 그치기를 바라지는 않는다. 그만큼 포항은 눈이 귀한 곳이다. 내가 잠을 설쳐가며 눈 내리는 밤을 서성이는 것은 말 그대로 걱정 반 설렘 반이다. 철없는 아낙이라 나무라는 분도 있겠지만, 어디 눈이 제 마음을 헤아려서 내리겠는지요.

　대체 뭐 하는 사람들일까? 눈싸움을 하는 것도 아니고, 눈사람을 만드는 것도 아니고, 플라스틱 바구니를 성형 틀로 삼아 찍어낸 눈을 쌓아 올리는 모습으로 보아 모래 작품을 만들듯이 눈 작품을 만드는 예술가들인가? 아니면, 눈을 연구하는 근처 벤처기업의 연구원들인가? 아무리 생각해도 이 야밤에 그것도 대로에서 건장한 남정네들이 할 일이라고는 마땅히 떠오르는 게 없다.

　온갖 상념으로 한 시간이 흘렀다. 아직 있을까? 자리에서 일어나 창가로 갔다. 그쳤던 눈이 다시 내린다. 오렌지빛 가로등 불빛에 비친, 나부끼는 눈발은 천녀의 하강처럼 곱다. 천녀의 옷자락을 유린하는 나무꾼 같은 사내들은 부지런히 작품 활동을 계속하고 있다. 아직은 어떤 형체인지 감이 잡히지 않는다. 포개 놓은 높이가 그들의 허리를 넘었다. 만리장성을 쌓을 것인가?

돌아와 잠을 청해보지만 잠은 이미 물 건너 가버렸고, 창밖으로 보았던 풍경들이 눈앞에 펼쳐진다. 그제부터 내리는 눈을 고스란히 짊어지고 힘에 부쳐 축축 늘어졌던 상록수는 찢어지고 부러지는 수난을 당했는데, 낙목한천에 외롭던 낙엽수들은 석 달 열흘 눈을 맞아도 꿈쩍도 않을 기색이다. 인간이나 식물이나 비워야 살기가 편하기는 매한가지인가. 천석꾼은 천 가지 걱정, 만석꾼은 만 가지 걱정이랬지. 옛날 다리 밑에 사는 거지들이 강 건너에 불난 집을 보고, 불날 걱정 없는 우리가 상팔자라던 거지들 얘기며, 작년의 가난은 송곳 꽂을 땅이 없는 가난이었지만, 올해의 가난은 송곳조차 없는 가난이라 읊었다는 지고至高의 청빈으로 회자되는 선시禪詩까지 들추면서 스스로 자위를 해 본다.

잠은 천 길 멀리 달아나 있고, 시계는 새벽 네 시를 훌쩍 넘겼다. 아직도 눈보라 속에서 작품 활동을 하고 있으려나? 통증으로 거북한 몸을 일으킨다. 어쩌면 이렇게 타이밍을 제대로 맞혔는지, 그들이 막 떠나가고 있었다. 그런데, 작품이 영 이상하다. 제법 쌓아 올렸던 구조물은 없어지고 그 자리에 노란 플라스틱 바구니만 덩그러니 엎어 놓았다. 뭘 만들어 놓은 거지?

정교하게 작은 것으로 만들어 바구니를 씌워 보호하려는 것일까? 눈보라 속으로 사라져가는 그들을 보면서, 눈 속에서 몇 시간을 견디는 그들의 건강한 신체가, 한밤중에 잠을 자지 않아도 다음날 생업에 지장이 없는 그들의 자유가, 눈 내리는 밤중에 작당한 그들의 우정과 낭만이 부러웠다. 내일 아침 그들의 작품을 보기 위해서는 잠을 자야 돼.

다음 날 아침, 이웃들과 주차장의 눈을 한바탕 치우고 언덕 위 차도로 올라갔다. 어젯밤 작당들이 만들어 놓은 작품 감상을 위하여. 그런데 이럴 수가! 작품은 흔적도 없고, 파헤쳐 놓은 수북한 눈더미 여기저기에 나뒹구는 컵라면 용기, 나무젓가락 같은 쓰레기와 더불어 그들의 양심 같은 벌건 라면 국물이 순백의 눈을 더럽히고 있었다. 눈밭에 버려진 그들의 양심을 뽑아내면서 혼잣말로 중얼거렸다. 시간과 힘이 남아돌아 주체할 수 없다면 차라리 눈이라도 치우지.

에라이 머저리 같은 인간들아!

길 찾기

뒤늦게 상담공부를 하고 있다. 그날도 상담학회에서 주관하는 교육을 마치고, 서울에 온 김에 은사님을 뵈러 가는 길이었다. 남편과 딸아이가 서울에 있어, 가끔씩 서울 나들이를 하지만 타고난 방향치方向癡라, 서울에 도착하는 시간에 맞춰 딸이나 남편이 마중을 나온다. 그리고 볼일이 있으면 남편과 딸이 안내자 역을 맡는다.

그런데 그것도 한두 번이지, 아무리 시골 아낙이지만 안내 표지판쯤이야 영문이든 한문이든 일본어든 못 읽을 게 없으니, 혼자서 가보기로 했다.

마침 딸아이도 외출할 일이 있어 같은 2호선을 타고 지하철역까지는 동행을 하게 되었다.

"엄마 지금부터 혼자서 해 봐, 먼저 표 사는 것부터."

익숙지 않은 자동발매기보다 편한 매표원에게 표를 샀다. 그리고 뒤돌아서 오는데 누가 아줌마, 아줌마 하고 부른다. 서울에서 날 아는 사람은 없을 테니 무시하고 개찰구 앞에서 금방 산 표를 찾으니 없다. 다시 가방을 뒤적거리는 내 앞에 딸아이가 표를 내민다. 표를 사고 돌아서면서 바닥에 흘리고 가는 나를 옆 사람이 부르는데도 그냥 나오는 나 대신 딸아이가 주워 온 것이다.

민망함을 웃음으로 감추고 승차권 투입기에 표를 집어넣는데 이번에는 표가 들어가질 않는다. 뒤집어서 넣어보기도 하고 앞뒤를 바꿔 넣어도 안 된다. 기계가 고장이 났나 싶어 옆 투입기로 옮기니 그제야 표가 들어가고 문이 열린다. 이젠 지하철 타는 곳을 잘 찾아야 한다. 자칫 잘못하면 엉뚱한 방향으로 가는 차를 탈 수도 있다. 정신을 바짝 차리고 내가 가고자 하는 방향을 찾아 지하철을 타고 빈자리에 앉았다.

"엄만 왜 그래 할머니같이, 표를 사서는 흘리지를 않나, 또 출구에다 표를 집어넣으면 표가 들어가? 찬찬히 글을 읽어보면 될 텐데 왜 그렇게…."

지금까지 지켜만 보고 있던 딸아이가 하는 말이다. 자존심이 팍 상했다. 그렇잖아도 요즘 들어 건망증에다, 상황에 대처하는 능력이 떨어지는 나 자신이 속상해 죽겠는데, 나더러 할머니 같다니.

내가 갈 목적지는 신설동인데, 2호선을 타고 가다 지선으로 바꿔 타야만 한다.

"엄마, 다음 역에 내려서 괜히 왔다 갔다 하면 또 헷갈리니까 내린 곳에서 몸만 바로 돌려서 타야 돼."

딸아이로부터 몇 번이나 교육을 받고 내렸다.

무사히 신설동역에 도착하여 아까 같은 실수를 하지 않으려고 표를 손에 꼭 쥐고 사람들 뒤를 따라 출구를 빠져나왔다. 승차권 투입기에 표를 넣고 나오면서 보니까 내가 선 줄이 10번 출구다. 아뿔싸! 행선지는 3번 출군데, 이미 표는 들어갔고 다시 들어갈 수도 없어 설마 나가서 찾아보면 되겠지 하는 마음에 역 바깥으로 나왔다.

원래 길눈이 어두운지라 평소에는 길을 잘 묻는다. 그러나 딸아이로부터 할머니 같다는 소리에 주눅이 들어 길을 묻기가 싫었다. 좀 걸어 내려오니 9번 출입구가 보이고 8번 7번 6번 출입구까지 나왔다. 이렇게 계속 가면 3번 출구가 나올 것 같아 계속 걸었다. 그러나 그때부터 아예 지하철 출입구조차 보이지 않았다. 7월의 땡볕과 도심지에서 품어내는 열기 속을 30분을 헤매고 돌아다녀도 찾을 수가 없었다.

하는 수 없이 지나가는 행인에게 지하철 타는 곳을 물으니 엉뚱한 방향으로 계속 걸었던 셈이다. 다시 30분을 되돌아 걸어서 지하철 출입구로 들어가 역무원에게 3번 출구를 물었다. 다른 역에서는 출구를 빠져나온 후에 자기가 가고자 하는 번호의 출입구를 찾게 되어 있는데 그 역은 그렇지가 않았다.

한 시간을 족히 허비하고 은사님을 뵙고 집으로 돌아오는 길에도 또 실수를 하고 말았다. 딸로부터 몇 번이나 교육을 받았는데도 불구하고 지선에서 본선으로 갈아타면서 반대쪽으로 가는 열차를 타고 말았다. 출발하자마자 혹시나 하고 다른 사람에게 물었기에 망정이지, 계속 아는 체를 하고 있었더라면 그만큼 더 거꾸로 멀어졌을 것이다. 다음 역에서 내려 반대쪽 열차를 타고 무사히 귀가했다. 그러나 딸아이에게는 그날 한 시간이나 헤매고, 반대쪽 열차를 탄 사실을 말하지 않았다.

처음 가는 길이나 처음 하는 일은 누구에게나 어렵고 힘들다. 그럴 때, 지도나 안내자가 있으면 훨씬 쉬울 것이다. 내가 그날 한 시간 만에 끝낼 수 있었던 것도 결국은 길을 아는 사람의 도움을 받았기 때문이다. 좀 더 일찍 도움을 받았더라면 훨씬 빨리 목적지에 도착하였을 것이다.

뒤늦게 시작한 공부가 꽤나 벅차다. 공부를 하는 것이 어려운 것이 아니라, 4학기에 접어들었지만 아직 상담가로서의 나 자신에 대한 확신이 없기 때문이다. 우리는 모두 아무런 연습 없이 인생을 살아야 한다. 삶의 미로에서 지치고 힘들 때, 좋은 스승을 만나면 생의 고뇌와 번민을 훨씬 줄일 수가 있을 것이다.

그러나 '내담자는 상담자를 능가할 수 없다' 는 이 말은 내담자는 상담자의 인격과 자질 이상의 도움을 받을 수 없다는 말이다. 참으로 상담가의 가슴을 짓누르는 무서운 말이다.

내 그릇은 어느 정도일까? 알수록 상담공부는 어렵고 두렵기만 하다.

포항시장애인의집

《포항시장애인의집》, 당신이라면 이 간판을 어떻게 읽을까?

가족 중에 장애인이 있는 사람이나 평소에 장애인에 대해 각별한 관심을 가진 사람이라면 분명 '포항시 장애인의 집' 이라고 읽을 것이다.

지인 중에 아주 재치 있고 재미있는 사람이 있다. 그분께 주소를 물으면 두호동 '포항시장 애인의 집' 옆집에 산다고 농을 하는 것처럼, 개중에는 '포항시장 애인의 집' 이라고 읽는 사람도 분명 있을 것이다. 물론 곧바로 이해하고 수정해서 읽기는 하겠지만.

"OO동문회공지

○일○시○○산입구참가자
미회써비스많은동참바
랍니다"

호방하고 성격 좋은 그분은 이런 문자를 받고 아주 신이 났다고 한다. '오호 프로그램을 아주 기발하게 짰어, 나이 많은 동문을 많이 동참시키려고 집행부에서 꽤나 신경을 썼구먼, 나도 동참을 해볼까나….'

"참가자미 회 써비스"를 "참가자 미희써비스"로 잘못 읽고 마음이 동한 그분은 나중에 진실을 알고는 적잖이 실망하였다며 그 문자메시지를 아직도 지우지 않고 좌중의 우리에게 보여주시며 한 말씀 하신다.

"하필이면 왜 거기서 띄어쓰기가 되어 나를 시험에 들게 하냐고…."

말씀처럼 문자메시지는 '참가자'에서 행이 바뀌고, '회'인지 '희'인지는 젊은 우리가 봐도 구별이 안 될 정도로 글자가 희미하였다.

포항에서 부산을 갈 때 보게 되는 경부선 고속도로 간판을 잘못 읽기는 나도 마찬가지. 경주와 부산 사이에 있는 '서울산'인터체인지 도로 간판을 처음 보았을 때 한참 동안 의아하였다. 곧 부산인데, 웬 '서울'이냐는 의문이 들었다. 나중에야 '서울산'으로 이해하게 되었지만 볼 때마다 '서울 산'으로 먼저 읽어버린다. 아마 그만큼 '서울'이란 단어가 내게 더 크게 자리 잡은 모양이다.

나 같은 사람이 많았는지 얼마 전에 부산 갈 때 보니까 '서.울산'이라고 점을 찍어놓았다.

《박상태웁니다》란 간판을 보면서, 예의 유머 감각이 뛰어난 지인은 "박상태는 매일 운다."며 좌중을 웃긴다. 고향이 경상도인 사람은 눈치를 챘겠지만, 외지 사람들은 이해가 쉽지 않을 것이다. '박상'은 '뻥튀기'의 경상도 사투리이며 '태운다'는 '튀기다'의 사투리. 따라서 표준어로 하면 '뻥튀기 합니다'란 뜻이다.

우리글은 띄어쓰기가 원칙이다. 따라서 띄어쓰기를 하지 않은 간판이나 잘못 띄어진 휴대폰의 문자메시지로 인한 에피소드였다.

일본어 공부하는 사람들의 어려움 중 하나가 우리글과 달리 띄어쓰기가 없다는 점이다. 나 또한 일본어를 전공한 사람이지만 히라가나로만 쓰인 문장은 독해가 여간 어려운 게 아니다. 모르는 단어가 나오면 사전을 찾아보려고 해도 단어의 첫 글자가 어딘지 알 수가 없기 때문이다.

일본어뿐만 아니라 중국어 한문도 띄어쓰기가 없기는 마찬가지. 그래서 혹자는 이런 말을 한다. '한문은 읽는 사람이 해석하기 나름'이라고. 그러나 우리글은 또박또박 띄어쓰기를 하여 해석이 간단명료하다.

사람들의 기질도 글자와 닮는 것인가. '혼네本音(본마음, 속마음)'를 '다테마에建前(겉마음, 방침)' 속에 감춰서 좀처럼 그들의 본심을 알 수 없는 일본인, 되는 것도 없고 안 되는 것도 없는 두리뭉실한 만만디 중국인.

그들과 달리 우리나라 사람들의 기질은 또박또박 띄어 쓰는 한글처럼 단순 명료하고 소박하다는 생각을 해 본다. 너무 아전인수我田引水 격인가.

35년 전의 선물, 35년 후의 기적

35년 전, 1984년 7월 1일 나는 엄마가 되었다. 그날로부터 나는 다시 태어나야 했다. 모든 것이 내 중심으로 돌아가던 세상이 그날 후로 내 아기를 중심으로 돌아갔다.

이기적이고 발랄했던 젊은 엄마에게 스물네 시간 내 손길을 필요로 하는 아기는 멍에처럼 나를 옭아맨다는 생각에 산후의 우울증도 찾아왔다.

그러나 육 남매를 구김살 없이 키운 친정엄마를 생각하며 엄마라는 자리가 어떠해야 하는지를 알게 되었다. 월령에 따라 눈을 맞추고 옹알이를 하고, 뒤집기를 하다가, 배밀이를 하고, 기분이 좋으면 깔깔 웃기도 하는, 하루가 다르게 자라는 아이는 내 수고에 충분한 보상을 해 주었다.

그렇게 자란 아이가 내 보살핌이 필요 없는 나이가 되면서, 엇박자를 내는 일들이 있어도 어르신들이 말하는 "아이들은 일곱 살까지 평생 할 효도를 다 했다."라는 말을 위로 삼으며, 나 또한 엄마의 착한 딸만은 아니었다는 때늦은 후회를 하면서, 새삼 부모님으로부터 받은 사랑의 무게를 깨닫는 계기가 되었다.

그렇게 자란 딸이 우리 곁을 떠나 새 가정을 꾸렸을 때의 뿌듯함과 쓸쓸함이란….

삼신할머니의 선물처럼 우리에게 왔던 딸이, 35년 만에 우리에게 기적을 선사했다. 올봄, 그토록 바라던 손주가 우리에게 왔다. 이순을 훌쩍 넘기고 보니, 한 생명이 이 세상에 오는 일은 기적 같은 일임을 알게 되었다.

35년 전, 이십 대의 젊은 시절 얼결에 받았던 선물은 나를 한 아이의 엄마로 만들었지만, 35년이 흐른 뒤 나를 할머니로 만든 내 손주는, 나를 세상 모든 아이의 할미로 만들었다.

35년의 연륜은 그만큼 나를 깊고 넓어지게 하였다.

아가

억겁의 인연因緣과 누대累代의 정혈로

우리 곁에 온 파랑새

너로 인하여 사돈의 팔촌을 넘어

인간의 시원始原을 우러르고

세상의 미물까지 마음에 담으니

너는 나의

스승

평화의 사도

사랑의 수호자!

2부

인연

그림자

아버지를 보았다.

3천 석이 넘는 컨벤션 홀은 열광의 도가니였다. 확성기에서 흘러나오는 구호와 노랫소리는 대중을 선동하기에 충분하였다. 두 시간 가까이 진행된 어느 정치인의 선거 발대식이 끝나고 긴 줄을 따라 홀 밖으로 나오는 중이었다.

아버지가 즐겨 입던 연하늘색 양복에 마른 체구까지 영락없는 아버지의 모습이다. 시선을 떼지 못한 채 헐떡이는 가슴을 진정시키며 줄을 빠져나왔다. 염치불구하고 사람들 사이를 비집고 계단을 올라오니 아버지는 에스컬레이터를 타고 저 밑에 내려가고 있었다.

'닮은 사람일 뿐이야, 정신 차려.'

4년 전에 돌아가신 아버지를 상기시키며 인파 속으로 사라져 가는 그분에게서 눈길을 거두고 같이 온 일행을 기다렸다. 너무도 익숙한 그 얼굴, 그 모습. 쉬이 잠들지 못하고 뒤척이다 섬광처럼 스치는 이가 있었다. 혹시, 삼촌? 아뿔싸!

행불자 삼촌이 있었다는 얘기를 처음 들었을 때, 내 의식의 저 밑바닥에 어렴풋이 남아있던, 양지바른 봉창에 비친 검은 그림자. 볕 드는 담장 아래 나무늘보처럼 붙박이로 웅크리고 있던 실루엣의 주인이 삼촌이었음을 알게 되었다.

열 살짜리 소년에게 어느 날 갑자기 휘몰아친 광풍, 6.25 전쟁은 삼촌의 생을 나락으로 밀어 넣었다. 정쟁政爭과는 인연이 먼 시골 사람들에게 갑자기 피난 명령이 떨어지자, 더 깊은 산골로 피난을 갔다. 피난 간 당일에 아버지는 보국대에 끌려가시고 남의 집 방앗간에서 할머니와 만삭인 엄마, 소년 삼촌의 피난살이가 시작되었다.

인민군의 남하로 피난 간 마을조차 소개령疏開令이 내려졌지만, 보국대에 잡혀간 아버지를 기다려야 한다는 할머님의 완강한 반대로 남게 된 그날 밤, 초저녁부터 산통이 있던 엄마는 한밤중에 피난지에서 첫 딸을 낳았다. 주인의 도움으로 등화관제 속에서 도롱이로 불빛을 가려가며 지은 첫국밥을 먹으려는데 거짓말같이 보국대에 잡혀간 아버지가 돌아오셨다. 총알과 같은 보급품을 산꼭대기의 초소에 운반하던 중, 부상으로 야전병원에 호송된 아버지는 몰래 병원을 빠져나와 밤길 20리를 걸어 가족 곁으로 오신 것이다. 죽었다고 생각했던 아들의 생환에 할머니와 어머니는 피난길을 따라가지 않았음을 천지신명께 감사드리며 날이 밝으면 먼저 떠난 고향 사람들을 뒤쫓기로 했다.

그러나 운명의 여신은 자비롭지 않았다. 갑자기 뒷산에서 콩 볶는 듯한 총소리가 들리더니 금세 초가지붕 여기저기 불이 붙자 남아있던 마을 사람들은 집 앞에 있는 무성한 콩밭으로 기어들었다.

영겁의 시간이 흐르고 일순간에 총소리가 딱 멎었다. 정신을 차린 아버지가 주위를 살피니 저만치 앞에서 할머님과 삼촌이 피범벅이 되어있었다.

파편을 맞은 삼촌을 업고 아버지는 야전병원으로 뛰었고, 어머니는 품에 안았던 핏덩이를 콩밭에 내려놓고 물을 찾는 할머님 시중을 들었지만, 할머님은 몇 모금의 물을 드시고는 가라는 손짓을 마지막으로 그 콩밭에서 이승의 삶을 거두었다.

날이 밝자, 총부리를 앞세운 미군수색대가 살아남은 사람들은 모조리 신작로로 몰아내었다. 아수라장의 소용돌이를 빠져나와 제정신이 든 어머니는 콩밭 고랑에 두고 온, 갓 난 핏덩이를 찾아 다시 콩밭으로 들어갔다. 스무 살 어린 여인에게, 그것도 목숨이 낙엽처럼 흩어지는 전쟁의 한복판에서도 모정은 살아있었다. 야전병원으로 이송된 삼촌도 다행히 목숨을 건졌다.

그러나, 신동이라 소문났던 예민한 삼촌은 머리에 총상을 입은 육체적인 쇼크에다 어머니마저 창졸간에 잃어버린 정신적인 충격으로 성장을 멈추어버렸다. 스무 살이 넘도록 낭인이 되어 시집간 누님들 댁으로, 부산의 큰형님 댁으로 방황을 일삼던 어느 날, 자취를 딱 감춰버렸다.

따스한 봄날이면 양지바른 담벼락 밑에 앉아 아지랑이를 쫓거나 먼산바라기로 세월을 보냈고, 유월이 오면 피 울음 토하듯 울어대는 먼 산 뻐꾸기 소리에 넋을 놓고, 흘러가는 흰 구름을 쫓아 할머니를 찾았을 가여운 소년 우리 삼촌. 찾지 못했건, 돌아오지 않았건, 이산의 가족은 모두 그림자를 안고 사는 법.

우리 삼촌은 어디로 사라진 것일까? 낮에 본 노신사는 누구일까?

이름

　어릴 적 나는 버젓이 이름을 두고도 '꼭지' 로 불렸다. '꼭지'
는 내리 딸 셋을 둔 부모님께서 다음에는 꼭 아들을 낳아야 한다
는 간절한 소망을 담아 부른 나의 별명이다. '꼭지' 라는 호칭 덕
분이었던지 남동생이 태어나자 나는 동네 집안 어른들의 귀여움
을 받았다. 내가 '터' 를 잘 팔아서, 다시 말해 내 이름 '꼭지' 덕
에 남동생을 얻었다며 기특해하는 어른들을 볼 때마다 나의 자
아의식도 덩달아 자랐다.

　그러나 그것도 잠시, 학교에 들어가면서 호적에 올라있던 '정
애' 라는 이름을 되찾고부터 '꼭지' 의 자부심은 부끄러움으로
변했다. 우리 동네의 언니 오빠들은 학교에서까지 '꼭지' 라 부
르는 통에 그들을 피해 다녔다. 지금은 '꼭지' 라는 이름이 앙증

맞고 귀여운 느낌이 들기도 하는데, 꼬맹이 시절의 나는 떼어버리고 싶은 꼬리표였다.

부모님으로부터 막중한 임무(?)를 부여받았던 '꼭지'는 임무를 완수한 지가 오십하고도 수년이 흘렀건만 아직도 가끔은 기특한 역할을 한다. 지난 설날에 찾아뵈었던 외삼촌에겐 '정애'는 없고 '꼭지'만 있었다. 중년을 넘긴 다섯 명의 생질녀를 분간하려면 딱 중간의 '꼭지'를 넣어야 이해를 하신다.

이순耳順을 코앞에 두고 보니, 참 많은 이름을 가지게 되었다. 동네에선 505호 내지는 '희경이 엄마'이며 낯선 동네에선 아직은 할매 아닌 '아지매'로 불린다. 게다가 아직 '새댁'이란 이름도 가지고 있다. 신혼 때 옆집에 살았던 나보다 겨우 대여섯 살 많은 그분 덕이다. 아마도 그분에게 나의 이름은 영원한 '새댁'일 것이다. 불자들 사이에선 길상화吉祥華이며, 때론 '성보살'이 되기도 한다. '보살'이란 여러 생을 거치며 선업을 닦아 높은 깨달음의 경지에 다다른 위대한 사람이란 뜻인데, 이런 과분한 호칭도 갖고 있다.

버젓한 직함이 없는 탓인지, 덕분인지 월인月引, 하진荷津, 하련霞蓮이라는 아호雅號도 셋이나 얻었다. 학교 선생님은 한 적이 없는데도 나잇값인지 선생 또는 선생님이란 호칭으로 불릴 때도 있다. 어릴 적 잠시 유예되어 못다 한 쓰임 덕분인지 '정애 씨'로 불러 주어 아직도 여인임을 느끼게 하는 고마운 분들도 있다. 잘못 지은 인연 탓에 박사학위 논문을 중단하고 있는데도 '성 박사'로 소급해서 불러 나를 채찍질하는 분들도 있고, 어감으로 놀리느라 부르는 분들도 가끔 있다. 이처럼 다양한 나의 고유명사와 대명사는 인연의 반연에 따른 나의 이름들이다.

글을 쓰고 보니 노자 도덕경의 첫머리에 나오는 글, 道可道非常道 名可名非常名(도가도비상도 명가명비상명: 도를 도라고 할 수 있지만 항상 하는 도는 아니며, 이름을 붙일 수는 있지만, 항상 하는 이름이 아니다.)이란 명구가 확연히 다가온다. 오늘은 도道라 할 수 있지만 내일은 도道가 아닐 수도 있으며, 한때는 '꼭지'였지만, 항상 '꼭지'는 아니다. 부연하면, 영원불변하는 것은 없다는 뜻이다.

세상 만물이 연기緣起의 법칙을 벗어날 수 없는 존재이니 담는 그릇에 따라 모양이 변하는 물처럼, 두두물물은 늘 변화하고 또 변해야만 한다. 그리하여 나는 앞으로도 또 다른 몇 개인가의 이름을 얻을 것이다. 새로운 호칭엔 나의 의지로 얻는 것도 있을 테지만, 의지와 상관없이 세월과 더불어 자연히 얻게 될 호칭도 있다.

그러나 지금까지 불렸던 이름과 앞으로 얻게 될 이름, 그 어느 것도 온전한 '나'를 대변하지 않는다. 그러나 그 모두에 나의 편

린이 없다 할 수 없으니 그 모두는 '나'이기도 했다. 그러면 '나'는 누구인가?

'제법諸法이 무아無我'라 했거늘, 붓다의 일갈에 정신이 번쩍 든다.

인연

"스님! 사람은 죽어서 어디로 갑니까?"

"왔던 곳으로 가겠지."

"왔던 곳이 어딘데요?"

"죽어서 가는 곳."

"…."

"정 알고 싶으면 법당에 계시는 부처님께 물어보시오."

스님과의 첫 대면은 그렇게 시작되었다. 갑자기 돌아가신 친정엄마의 사인이 복용하던 혈압약을 드시지 않았던 것도 한 요인일 수 있다는 말을 들었을 때, 내가 무심코 내뱉었던 말이 엄마를 죽음으로 내몰았을지도 모른다는 생각에 억장이 무너졌다.

가끔 부모님을 찾아뵐 때면 방 여기저기 널브러진 약봉지를 보면서, 엄마가 어떤 약을 드시는지 잘 챙겨보지도 않고서, 약을 너무 많이 먹는다며 타박을 한 적이 있었기 때문이다. 만약 나의 그 말에 엄마가 드시던 혈압약을 끊었다면 내가 엄마를 사지로 몬 불효막심한 딸년인 셈이다.

그날, 손수 차린 아침상으로 아버지와 오붓이 이승의 마지막 식사를 하시고 산책길에 나섰던 엄마가, 오전 10시에 쓰러지신 후 구급차에 실려 가신 그대로 영면의 길로 떠나버렸다. 아무런 준비 없이 영원한 이별을 맞은 형제자매들의 애통함도 이루 말할 수 없었지만, 함부로 내뱉은 말 때문일지도 모른다는 죄의식까지 더해진 나는 심한 우울증에 빠졌다. 이승과 저승의 경계가 간단히 허물어져 버리는 삶의 허망함에 그 당시 나는 죽음에 탐닉하고 있었다.

보다 못한 친구가 나를 데리고 간 절에서, 대면한 스님과 나눈 첫 대화였다. 엄마의 죽음에 대한 죄책감에 사로잡힌 어리석은 중생에게 따뜻한 위로의 말이라도 건넬 줄 알았는데, 참으로 냉정하고 뜬금없는 스님이었다. 괴팍하고 무서운 스님이란 말을 친구로부터 듣긴 했지만, 스님의 냉대에 설움이 복받쳐 올라 눈물을 펑펑 쏟으며 백팔 배로 엄마께 용서를 빌었다. 울고 싶은데 뺨 맞은 격이었다. 실컷 울고 나니 한결 편안한 마음이 되어 시줏돈을 넣으려고 보시함을 찾으니 법당 어디에도 시주함이 없다. 같이 간 친구에게 물으니 스님은 초파일과 백중 때 외에는 일체의 보시를 받지 않는다고 한다.

엄마의 극락왕생을 비는 마음에 준비해 간 시줏돈을 법당의 상단에 놓아두고, 냉정하기 그지없는 스님은 두 번 다시 볼 일이 없을 것이라 여기며 주차장으로 나왔다. 막, 차가 출발하려는데 그 스님께서 법당에 두고 온 봉투를 들고 와서는 부처님이 돈 달라 하더냐며 가져가라 하신다.

할 수 없이 봉투를 도로 받았는데, 무참하기 이를 데가 없었다. 백팔 배로 가라앉았던 마음에 야금야금 불길이 일었다. 오는 내내 입을 다물고 화를 삭이고 있는 내게 친구가 부연 설명을 한다. 법당에 보시함이 없는 것은 부처님 팔아 호구지책으로 삼지 않겠다는 스님의 의지라고 하였다. 그뿐만 아니라 집에서 청소 잘하고 아이들 잘 키우고 남편 잘 챙기는 것이 절에 오는 것보다 낫다며 절에 자주 오는 것도 반기지 않는다고도 하였다. 스님에 대한 친구의 설명이 길어질수록 날 섰던 마음이 풀어지고 있었다.

그렇게 인연이 되어 그 절에 다니게 되었고, 스님께 다도를 배우게 되었다. 6년의 세월이 지남에 따라 냉정하고 무섭던 스님은 고향의 오라버니같이 편안한 스님으로, 유머 감각이 뛰어난 재미있는 스님으로, 때론 철부지 소년 같은 순수한 스님으로 내 마음에 자리를 잡았다.

집에 있는 산부처 잘 모시라는 스님의 지론대로 몇 달 만에 한 번씩 찾아뵈면, 스님은 눈에 띄게 안색이 나빠지고 있었다. 건강이 염려되어 여쭤보면 일절 내색하지 않으시고 늙어서 그렇다는 대답뿐이었다.

어느 날, 스님이 숨을 못 쉴 정도로 부종이 와서 119 구급차로 병원에 실려 가서 입원한 지가 꽤 되었다는 소문을 듣고 병문안을 갔다. 지인이 알려준 병실 호수가 생각이 나질 않아, 안내 데스크에 가서 입원한 스님의 병실을 물었더니 간호사가 스님이라면 ㅇㅇㅇ 씨 말이죠? 라며 되묻는다. 여태껏 스님의 속명을 몰랐는데, 함자를 듣고 보니 귀에 익은 친숙한 이름이었다.

간호사가 일러준 병실에는 사촌오빠 이름과 똑같은 명패를 붙인 침대에 스님께서 누워계셨다. 스님의 건강상태는 심각한 수준이라 상태가 조금 호전되면 서울의 큰 병원으로 옮긴다고 하였다.

입원하신 지 두어 달이 지난 어느 날, 스님께서 퇴원하셨다는 소식을 듣고 문안을 갔다. 동짓날을 하루 앞둔 첫눈이 내리는 날이었다. 스님은 입원 전보다 훨씬 가벼운 몸으로 돌아오셨다. 병문안을 마치고 나오려는데, 따뜻한 봄날이 오면 소풍을 가자고 하신다. 뜻밖의 말씀에 영문을 몰라 하니, 마치 오라버니처럼 다

정스런 목소리로 내 이름을 부르시며, 놀리듯이 빙긋이 웃으신다. 길상화라는 법명으로 불리던 나는, 그날 처음 내 이름을 부르는 스님을 통해 단번에 40여 년의 세월을 거슬러 아득한 옛날로 돌아갔다.

중학교 3학년, 길고 긴 여름방학을 맞는 날이었다. 종업식을 마치고, 이른 하굣길, 친구들과 삼삼오오 짝이 되어 참새처럼 조잘조잘 깔깔거리며 비포장 이십 리길 신작로를 걸어서 집으로 가고 있었다. 가끔 버스라도 지나가면 길옆으로 비켜선 채 손을 흔들어 주던 순진무구한 열여섯 소녀들이었다.

그때 뽀얀 먼지를 남기고 털컥대며 지나가는 버스 차창에서 딱지로 접은 종이쪽지가 툭 떨어졌다. 호기심에 주워 펼쳐보니 주소와 이름이 적혀있고 '편지하세요' 라는 짧은 글귀가 씌어있었다.

장난기 많은 친구가 자신의 공책 한 장을 쭉 찢으며 제안을 했다. 이 종이 한 장에 여기 있는 사람 모두의 주소와 이름만 적어서 보내자고 하였다. 신작로 한복판에서 벌어진 일이라 뒤따라오던 다른 패들까지 합세하여 족히 여남은 명이 자신의 주소와 이름을 적었고, 그것을 우체국 사택에 사는 친구에게 부치라고 주었다. 누구에게 편지가 올지 기대된다며 왁자지껄 깔깔거리는 소녀들의 웃음소리로 그 여름날의 신작로는 생기발랄하게 달아오르고 있었다.

방학이 끝난 늦여름 개학 날, 친구들 중 나 혼자만 편지를 받았다는 사실을 알게 되었다. 발신자의 이력은 이랬다. 그는 군대까지 갔다 온 대학 휴학생이었다. 몸이 아파 삶과 공부에 회의를 느껴 복학을 잠시 미루고 있는 낭인浪人이라 했다. 차창 밖으로 지나가는 여학생들 모습이 너무 예뻐서 종이쪽지를 날렸고, 나를 선택한 이유는 자기 여동생과 이름이 똑같아 정감이 갔기 때문이라 했다. 그 낭인은 우리를 여고생으로 알고 있었다. 세 번의 편지가 오는 동안 다음 학기에는 복학할 것이라는 다짐도 들어있었다. 서로의 오빠와 동생 이름이 같아 기이하다고 느꼈지만, 나는 감히 답장을 쓰지 못했다. 낭인이라고 자처하는 그 낭인이 무슨 뜻인지를 몰라 사전을 찾아보아야 할 정도로 어린 내게, 군대까지 마친 그 대학생은 너무 높은 곳에 있었다. 그렇게 아침이슬 같은 우리의 인연은 끝이 났다.

신도들이 스님의 신상에 대해 묻지 않는 것은 불문율이고, 스님 또한 신도들에 대한 자세한 이력을 알 턱이 없다. 그런데 지금에 와서 생각해 보면 내 이름이 자신의 여동생과 같다는 말을 하신 적이 있었다. 신도들과 일체의 잡담을 하지 않는 스님인데,

나와 같이 있을 때면 말씀이 많다는 친구의 말도 여러 번 들었다.

그러나 따뜻한 봄날이 코앞에 다가온 지난 2월 마지막 날, 스님의 열반 소식을 전해 들었다. 살아생전은 빈한하게 사셨지만, 극락으로 가는 길은 화려한 불꽃과 함께하셨다. 월정사 다비장에서 한 줌의 재로 이승의 흔적을 지워버린 스님은 온 곳으로 돌아가신 것일까?

천지간에 낭자한 봄날, 봄 소풍 가자시던 스님은 월정사 법당의 영정 사진 안에서 사부대중이 올리는 사십구재의 마지막 독경 소리를 듣고 계신다.

'스님! 봄나들이 약속은 어찌하시렵니까?'

'내가 약속은 제대로 지켰구먼. 예까지 봄나들이 왔잖았소? 허허허…'

달이 보이니?

덥다! 100년 만의 더위라는 기상청의 보도를 대변이라도 하듯, 뉴스는 열사병으로 죽은 사망자를 집계하고 있다. TV에서 내뿜는 열기도 만만찮고 전해주는 뉴스 또한 울화통을 돋게 하는 내용뿐이라 리모컨을 눌러 꺼버린다.

이렇게 더워야 곡식은 여물 것이고 과일은 단맛을 들일 것이다. 뙤약볕에서 일하는 공사장의 인부들과 농부들을 생각하면 선풍기 바람조차 사치라는 생각에 전원을 뽑았다. 창밖에서 불어오는 바람까지 열풍이라 문이란 문은 모두 닫고 블라인드까지 내리고 숨은 듯이 집 안에 틀어박혔다.

에어컨의 실외기에서 내뿜는 열기, 자동차 배기가스, 아스팔트에 저장되었던 복사열의 방출로 한낮을 지난 도시는 말 그대로 열섬이었다. 그 섬에 갇혀 헐떡거리는 만물에게 자비의 손길처럼 한줄기 소나기가 퍼붓고 나자 서쪽 하늘에 화려한 노을이 피어올랐다. 한낮의 열기가 하늘에 전해졌는지 붉디붉게 타올랐다.

온갖 비경을 만들어내면서 시시각각 변해가는 노을에 정신을 빼앗겼다. 앞 베란다에서 바라본 놀과 뒤 베란다에서 보는 놀이 달라, 앞뒤 베란다를 오가며 놀에 빠졌다. 그곳엔 따사로운 다도해의 어촌풍경도 있고, 끝없는 바다도 있으며, 석양에 비낀 갯벌도 있었다. 온갖 바닷가 풍경이 하늘에 있었다. 어디가 진짜 바다인지 모를 그 황홀한 광경에 흥분한 나머지 소리를 질렀다.

"얘들아 저 놀 좀 봐! 황홀하지! 정말 예쁘지!"

우리 동네 뒷길은 해가 지면 건강을 위해, 살과의 전쟁을 위해, 조깅하는 사람들이 끊이질 않는다. 내가 집에 없는 아이들을 부르며 호들갑을 떤 이유는 오직 땅만 보고 걷기에 여념 없는 그들에게 한 말이었다. 한 번쯤 고개를 들어 아름다운 그 풍광을 보게 하고 싶었다. 나의 호들갑에도 불구하고 누구 하나 걸음을 멈추고 하늘을 보는 이가 없었다. 그토록 아름다운 장관을.

하늘나라, 달나라, 용궁나라, 온갖 천상의 나라를 감상한 흥분도 어둠 속에 스러진 노을처럼 가라앉고, 밀린 숙제를 하려는데 열어놓은 창밖에서 내 귀를 의심하는 소리가 들렸다.

"엄마! 달 좀 봐!"

"…"

"엄마! 달이 절경이지?"

"…"

바깥의 어둠 속에서 들리는 소리로 짐작건대 아직 10대 중반의 앳된 소년의 목소리가 분명한데 '절경' 이라는 단어에 그냥 있을 수가 없었다. 하던 일을 멈추고 베란다로 나가 블라인드를 걷었다. 과연 '절경' 이란 표현밖에 달리 표현 방법이 없을 절경이었다. 소년이 어머니께 보여주고 싶었던 심정을 헤아릴 수 있었다.

베란다에서 보는 것만으로는 성에 차지 않아 밖으로 나갔다. 아파트 불빛과 구름으로 인해 달빛이 그리 밝지는 않았지만, 구름은 달에다 묘한 무늬를 넣어서 그야말로 절경을 만들어내고 있었다. 나를 밖으로 이끈 아이를 찾았다. 어둠 속의 아이에게 다가가 물었다.

"네가 엄마한테 달 보라고 했었니?"

"네…."

"몇 살이니?"

"중학교 1학년인데요?…"

"달이 보이니?"

"…???…"

웬 낯선 아줌마가 뜬금없이 나타나 자신의 나이를 묻고 급기야 '달이 보이느냐'는 생뚱맞은 소리를 하자 아이는 아파트 10층 베란다 열린 창으로 자신의 엄마를 찾았다. 아이를 더 붙잡고 있다간 베란다의 엄마에게 의심을 살 것 같아 딴 곳으로 자리를 옮기면서 한마디를 덧붙였다.

"달을 볼 수 있는 너는 아마 커서 시인이 될 거야…."

칭찬으로 한 그 말로 아이에게 더욱 이상한 아줌마로 비치지나 않았는지 모르겠다. 또 아이의 엄마가 들었다면 화를 낼지도 모를 일이다. 남의 귀한 자식을 요즘 같은 세상에 돈과 권세와는 거리가 먼 시인이 될 거라고 했으니 말이다.

시시각각 변하는 하늘의 달을 감상하느라 한 시간 넘게 바깥을 서성거렸다. 그 시간에도 건강을 위해, 몸매를 위해 열심히 땀 흘리며 걷고 있는 사람들은 여전히 많았다. 그들 중에 하늘의 달에 관심을 보이는 사람은 없다. 오직 땅만 보고 열심히 뛰고 걸을 뿐이었다.

집에 들어와 달력을 보았다. 유월 보름이었다. 노을도 보름날이라 더욱 화려했던가? 그런데 내가 호들갑을 떨고 흥분을 하고 잠을 설치는 그 아름다운 것들을 보지 않는 대신, 그들은 내가 보지 못하고 찾지 못하는 무엇을 볼 텐데, 나는 무엇을 놓치고 있단 말인가?

　새로운 고민거리가 생겼다.

어둠 속의 밝음

한때 소비가 미덕이던 시대가 있었다. 아니 지금도 자본주의 논리로 말하면 대량소비가 있어야 기업이 발전하고, 그래야 노동자의 일자리가 생긴다는 논리다. 그러나 자본주의 논리의 질주로 세계 경제는 또다시 침체국면에 빠져들고 있다. 수요와 공급에 따라야 할 시장경제는 투기로 인해 제 기능을 잃어버리고 개미들에게까지 부동산 불패라는 신화를 심어주었다.

온 국민을 부동산 투기 대열로 몰아붙이더니 급기야 '깡통아파트', 'house poor' 라는 신조어까지 등장하였다. 사회주의 국가인 중국까지 부동산 신화에 뛰어들었고, 급기야 미분양사태로 중국 전역에 6000만 채가 넘는 주택이 비었다고 한다. 네이멍구에 있는 오르도스시는 유령도시로 세계의 기삿거리가 되었는데,

밀린 월급 대신 아파트를 떠안다 보니 집이 여섯 채나 된다는 이 도시의 주민은 생활비를 걱정하고 있다. 빌린 돈의 이자를 감당하지 못해 야반도주하는 주민이 속출한다니, 크고 화려하고 밝은 것만 좇은 결과 세계의 경제가 이 지경이 되었다.

일본인 지인으로부터 『어둠의 사상』이라는 책을 선물 받았다. 저자는 내가 전에 번역한 바 있는 『두부집의 사계』의 저자 마쓰시타 류이치 씨다.

마쓰시타 씨는 생전에 반핵, 반전, 반원전 운동에 앞장선 분이다. 일본이라는 섬나라는 원자력발전 사고가 나면 끝장이라는 말까지 서슴지 않았다. 반원전뿐만 아니라, 화력발전소까지도 반대하였다. 그의 지론은 인간의 욕구는 끝이 없어서 한번 맛 들인 문명의 이기는 절대 버릴 수가 없을뿐더러 계속해서 더 많은 전기 수요가 일어날 것이며, 그것을 감당하려면 계속해서 발전소를 지어야 하는 악순환이 일어난다고 한다. 인류의 앞날을 위해, 너무 밝고 사치스럽게 살 것이 아니라, 어둡고 검소하게 살자는 것이 『어둠의 사상』이다.

지난해 3월 11일 마쓰시타 씨가 생전에 그토록 염려했던 일이 일본에서 현실로 나타나자 일본 국민들은 그의 사상에 다시 관심을 집중하게 되었고, 그의 유고집이 『어둠의 사상』이다. 그는 생전에 이런 말을 했다. "우리가 아무 생각 없이 쓰는 전기를 생산하기 위해 발전소 주변의 주민이 받는 피해를 생각해 보았는가? 그중에는 정든 고향을 떠난 사람들도 있고, 떠나지 못한 사람들은 공해 때문에 하루하루를 괴롭게 살아간다. 여러분의 안락한 생활은 그들의 불행을 담보로 제공된 것이다." 마쓰시타 씨의 주장에 반박하는 사람들이 그에게 전기를 쓰지 말라고 하자, 그는 촛불을 켜고 살기도 했다. 그의 말처럼 후쿠시마 원전사고는 일본의 대 재앙이 되었고, 아직도 끝나지 않은 채 일본 열도를 불안으로 몰아가고 있다.

빛이 있으면 그림자가 따르게 마련. 우리가 전기를 쓰지 않을 수는 없지만, 쓰면 쓰는 만큼 반드시 그 대가를 지불해야만 한다. 너무나 간편하게, 편리하게 사용하는 전기의 이면에 그토록 무서운 재앙을 품고 있다는 생각을 사람들은 평소에 하지 못한다.

외관의 근사함만을 좇아 에너지 낭비쯤이야 안중에도 없이, 전면 통유리로 쭉쭉 올라간 공공건물들. 한여름에 에어컨을 빵빵 틀고는 긴 소매 옷을 입고, 한겨울에는 짧은 팔을 입는다는 강남의 사모님들. 그들에게 전기료 따위야 문제가 아니다.

그러나 우리가 사용하는 전기를 생산하기 위해 나오는 폐기물은 어찌한단 말인가. 지금도 일본의 후쿠시마 원전에서는 방사능이 유출되고 있으며, 방사능에 오염된 흙과 폐기물을 담은 검은 비닐 자루는 어디로 치운단 말인가. 결국은 지구 안에 둘 수밖에 없다.

며칠 전에 일본 오사카를 다녀왔다. 원전사고의 뼈아픈 경험 때문인지 '저탄소녹색운동'을 생활 곳곳에서 실천하고 있었다. 오사카의 어느 호텔에 이틀을 묵게 되었는데, 호텔 방에 처음 보는 녹색의 'eco-card'가 비치되어 있었다. 연박連泊을 할 경우에 침대시트, 베개커버, 잠옷, 수건 같은 것을 계속 사용할지 교환할지를 묻는 카드였다. 나는 수건까지도 그냥 쓰겠다는 표시를 했다. 사실 여행을 하다 보면 같은 호텔에 며칠씩 묵게 되는 경우가 있다. 그때마다 매일 매일 갈아주는 이부자리가 쓸데없는 낭비라는 생각을 지울 수가 없었다.

한때 우리 아들과 빨랫감 때문에 설전을 벌인 적이 있다. 기숙사에서 생활하다 돌아온 아들은 한 번 샤워하는데 수건을 석 장씩이나 쓰는 것이다. 몸 닦는데 한 장, 머리 닦는데 한 장, 머리 말리는데 또 한 장. 짧은 머리 닦는데 수건을 두 장씩이나 쓰는 아들을 그냥 두고 볼 수가 없었다. 내가 빨래를 한 번 덜 하고자 하는 문제가 아니라, 그것 때문에 낭비되는 세제와 물, 아니 세제와 수도 요금의 문제보다 그로 인해 하천이 오염되고 바다가 오염되고 급기야 지구가 오염되는 것이 문제다. 젊은 세대들만 그런 것이 아니다. 공중목욕탕이나 헬스클럽의 샤워실에서도 비일비재하게 일어나는 일이다. 수건 한 장으로 마무리하는 사람이 거의 없다.

한낮에 칸사이 공항에서 김해공항으로 돌아오는 비행기 안에서 내려다본 바다. 육지와 인접한 바닷물과 먼 바닷물의 확연한 차이에 눈길을 돌릴 수가 없었다. 청록색의 맑은 바닷물과 군데군데 띠를 두른 혼탁한 내항의 바닷물. 자원을 낭비하는 것은 미래의 인류가 사용할 공공의 자원을 가불해서 쓰는 셈이다. 혼탁한 물과 공기로 살아야 할 우리의 후손이 걱정이지 않은가. 머잖아 한국은 물 부족 국가로 물까지 수입해서 써야 할 위기에 놓여 있다니 말이다.

어둠이야말로 밝음을 있게 하는 원천인데….

공기를 팝니다

봉이 김선달이 대동강 물을 팔아먹었다는 황당한 얘기는 현실이 된 지 오래다. 불과 20여 년 전만 해도 수돗물을 두고 물을 사먹는다는 생각은 감히 상상할 수도 없었다. 그러나 이제, 생수를 사 먹는 것은 일상이 되어버렸다.

오래전, 물을 사 먹지도 않던 그 시절에, 선견지명이 있던 사람들은 머잖아 휘발유값보다 물값이 비싼 날이 올 것이라더니 그날은 너무나 빨리 오고 말았다. 머나먼 중동의 산유국에서 수입해 온 원유, 그것을 고도의 정제과정을 거쳐 국내 주유소에서 판매되는 휘발유는 세금이 붙기 전, 1리터에 500원대 초반까지 떨어졌다고 하니, 휘발유값보다 비싼 물값은 현실이 되고 말았다.

소비가 미덕이라며 경제 논리로만 세상을 읽은 그 대가를 우리는 지금 톡톡히 치르고 있다. 언제부터인가 기상뉴스에서는 그날의 미세먼지 농도를 발표하고 있다. 미세먼지 농도가 매우 나쁘다는 기상 캐스터의 예보를 근래에 자주 듣게 된다. 이런 날은 공기 좋은 시골, 공기 좋은 산골, 공기 좋은 바닷가란 말이 무색하다. 그러니 노약자나 호흡기 환자는 피신할 곳이 없어, 창문이란 창문은 모조리 닫아걸고 꼼짝 않고 집 안에서 가쁜 숨을 헐떡거려야 한다.

큰일이다. 그런데 앞으로 더욱 큰일이 생겼다. 중국에서 30여 년간 고수해 오던 한 가구 한 자녀 정책을 전면 폐지하고, 모든 부부에게 2명의 자녀 출산을 허용하기로 했단다. 세계의 선진국들이 공통으로 고민하는, 인구 고령화와 출산율 저하로 인한 노동력의 상실, 이와 더불어 경제적인 침체가 중국까지도 정책을 바꾸게 했다.

TV 뉴스 화면에서 본, 중국 대도시 대기오염의 정도는 대낮에도 차량의 전조등을 켜야 할 정도로 시계視界가 어스름 저녁 수준이다. 특히 겨울에 심각한 이유는 난방을 위한 값싼 석탄사용의 증가가 한 이유라 한다. 중국의 산서성을 여행하면서 본 풍경인데, 온 산야의 지표면이 흙이 아닌 석탄이라 그냥 트럭에 퍼 담고 있었다.

산아제한 정책의 폐지로 거대 중국의 인구는 점점 늘어날 테고, 그러면 값싼 화력발전소의 증설은 불가피할 것이고, 따라서 대기의 오염 또한 점점 나빠질 것은 불을 보듯 뻔하다. 여기서 멈추지 않으면 호흡기 환자나 노약자는 이제 겨울이 오면 집 안에 틀어박혀 산소마스크를 쓰고 살아야 할 것이다. 불행하게도 이미 북경의 살인적인 스모그는 신선한 공기를 가정의 상비약으로 갖추게 하였고, 경제 동물이라는 닉네임을 얻은 일본은 그들답게 '후지산의 공기'를 캔으로 만들어 팔고 있다. 이런 지경을 보고도 원자력발전을 반대할 것인가? 아니면 체르노빌과 후쿠시마의 재앙을 보고도 원전을 계속 지어야 할 것인가? 진퇴양난이다!

미국의 서부 개척시대, 미국 정부가 원주민들에게 그들의 땅을 팔라는 강압에, 인디언 추장 시애틀은 대추장(프랭클린 피어슨 대통령) 앞으로 장문의 편지를 보냈다.

"그대들은 어떻게 저 하늘이나 땅의 온기를 사고팔 수 있는가? 백인들은 어머니인 대지와 형제인 저 하늘을 마치 양이나 목걸이처럼 약탈하거나 사고, 팔 수 있는 것으로 대한다. (중략) 우리가 땅을 팔더라도 우리가 사랑했듯이 이 땅을 사랑해 달라. 그러나 백인들의 식욕은 땅을 삼켜버리고 오직 사막만을 남겨놓을 것이다. 계속해서 그대들의 잠자리를 더럽힌다면 그대들은 쓰레기더미 속에서 숨이 막혀 죽을 것이다."

150여 년 전, 시애틀 추장의 당부와 경고가 무색하게도 태평양 건너에 있는 아시아에서까지 물과 공기까지 사고파는 현실이 되어버렸다. 물을 팔고 공기를 팔기 위해, 또 얼마나 많은 수질오염과 대기오염을 시킬 것인가 하는 미래의 걱정 따위 경제 논리에는 없다. 그러나 우리는 알아야 한다. 깨끗한 물과 공기를 사 먹는 일이 또 얼마나 지구를 오염시키는지를.

전 세계에서 1년에 생산되는 페트병은 약 150만 톤에 이르고, 미국에서만 매년 생수병을 만드는 데 드는 석유량은 자동차 130만 대를 1년간 움직일 수 있는 분량이라는 환경 기사를 읽은 적이 있다. 머잖아 공기 캔이 생수 페트병처럼 일상적으로 팔릴 날이 올지도 모른다.

이런 심각한 세상이 왔는데도 아직도 '물 쓰듯' 물을 낭비하는 사람들이 부지기수다. 일전에 동네 목욕탕에서 내 옆자리에 앉았던 중년 여인은 내가 목욕을 마치고 나올 때까지, 수도꼭지를 한 번도 잠그는 법이 없었다. 양껏 비튼 수도꼭지에서 콸콸 하수구로 직행하는 온수가 너무 아까워 몇 번이나 눈을 마주치려고 시도했지만 둔감한 그 여인은 수도꼭지를 틀어놓은 채 때를 밀고, 얼굴에 팩을 하고, 발꿈치의 각질 제거에 몰두하고 있을 따름이었다. 철철 흘러넘치는 물을 보고 있자니 울화통이 치밀어 서둘러 목욕을 마치고 나와 버렸다. 기껏 몸뚱어리 하나 씻자고 한 시간 이상 수도꼭지를 열어놓는 몰상식. 낭비는 환경의 죄악이다!

세계의 기업은 이익창출을 위해 새로운 상품을 자꾸 개발하고, 정책 입안자는 경제 논리에 근거하여, 훗날엔 거품과 재앙이 되든 말든 경기 부양책을 써서라도 경기를 떠받치려 안간힘을 쏟는다. 더 잘 먹고, 더 잘 살고, 더 편하게 살고 싶어 하는, 끝을 모르는 인간의 욕망으로 이 지구는 머잖아 인간이 살 수 없는 우주의 쓰레기별이 될지도 모른다.

소욕지족少欲知足, 그 길만이 우리의 살길이다.

이별 연습

한밤에 잠이 깼다.

새벽 한두 시쯤 됐으려나 짐작만 할 뿐이다. 집 안에 나 말고 아무도 없다. 얼마 전까지만 해도 아들이 제 방에서 자고 있었는데 이제는 아들 방조차 텅 비어버렸다. 혼자다. 인기척이라곤 없는 집 안엔 낡은 냉장고의 버거운 소리만이 들릴 뿐이다.

가슴이 먹먹하다. 이제는 이런 시간에 잠이 깨어도 집 안을 둘러볼 일이 없다. 며칠 전까지만 해도 잠이 깨면 아들 방에 들러 불은 끄고 자는지, 이불은 덮고 자는지, 컴퓨터게임에 빠져있지는 않은지, 감시 아닌 체크를 하면서 가끔은 올빼미같이 컴퓨터에 몰두하고 있는 아들과 가벼운 실랑이도 하곤 했었는데….

가슴이 답답하여 할 일도 없으면서도 불을 켜고 이 방 저 방,

방문을 열어본다. 방문을 열 때마다 가득하던 아들의 숨결과 체취 대신 냉기만 감돌 뿐이다. 내친김에 딸 방의 방문도 열어본다. 체념한 지가 오래여서 그런지 아들의 빈방만큼 서운하지가 않다.

딸이 대학을 들어가 내 곁을 떠날 때는 남편과 아들이 집에 있어서 그랬는지 지금처럼 가슴 저리게 외롭다는 생각은 못 했다. 그런데 그 뒤로 남편도 직장 따라 서울로 옮기고, 아들과 둘이서 아옹다옹 살다가 아들마저 기숙사로 떠나버리자 처음 며칠간은 잠이 오지 않았다.

지금 우리 집 식구는 남편은 서울, 딸은 뉴욕, 아들은 대구, 나는 포항에 산다. 딸과 아들의 물리적 거리는 하늘과 땅 차이만큼이나 벌어져 있지만, 과학의 문명 덕분에 오히려 딸의 근황을 훨씬 잘 알고 있다. 딸과는 온라인 메신저로 게다가 화상채팅으로 거의 매일같이 소식을 주고받고 있으니 머나먼 지구의 저편에 있다는 실감이 나지 않을 정도다.

하지만 아들은 자동차로 한 시간 남짓이면 가는 거리에 있음에도 도통 근황을 알 수가 없다. 휴대전화를 가지고 있지만, 통화는 좀처럼 되지 않는다.

전화를 걸어도 수업 중이라 그런지 불통되는 일이 더 많다. 급한 볼일이라도 있으면 아들 친구의 휴대전화를 동원해야 한다.

언젠가는 며칠째 전화 연락도 안 되고 친구를 통해도 연락이 두절이라 기다리다 못해 직접 차를 몰고 아들의 기숙사까지 갔다. 차를 몰고 아들을 찾아가는 두 시간 남짓 걸리는 그 길을 가면서 온갖 망상이 다 떠올랐다. 제발 무사하기만을 부처님께 간곡히 빌고 또 빌면서 기숙사에 도착하니, 아들로부터 전화가 왔다. 집에 왔는데 엄마 어디 있느냐며, 되레 큰소리치는 안하무인 아드님!

자식을 군대 보냈거나, 결혼시켜 분가시킨 어른들의 하소연 같은 항간에 떠도는 말인즉, 태어나면 1촌이던 자식이 자라서 대학을 가면 4촌이 되고, 군대 가면 8촌이 되고 장가가면 사돈의 8촌이 된다던가. 누가 지어낸 말인지 세태를 정확하게 꼬집고 있어 그냥 웃어넘길 우스갯소리가 아니다.

우리 부모님은 육 남매를 낳아 길렀지만 한 자식도 당신들 곁에 없다. 겨우 둘을 떠나보내고 이렇게 허전해하는데 여섯을 품안에서 떠나보낸 우리 엄마 아버지는 이런 잠 안 오는 밤, 당신들의 그리움을 어떻게 달랠까.

나는 우리 부모님께 사돈의 8촌인 자식이면서, 내 자식이 이제 4촌쯤 멀어진 것에 섭섭해한다. 부모님은 생살을 찢는 아픔을 겪고 있는데, 겨우 손톱 밑에 든 가시를 가지고 엄살을 부린 격이다.

유달리 효성 깊고 인정 많은 아버지는 한 해도 거르지 않던 할 아버지 할머니의 제사에도 참석 못 할 정도로 쇠약해지셨다. 노구로 인해 당신들 혼자서는 먼 길을 나설 수도 없는 부모님은 오직 자식들이 찾아주기만을 기다릴 수밖에 없다. 하지만 어느 자식이 부모님의 수족이 되어 줄 수 있단 말인가. 제 살기 바빠 효도는 시늉도 못 하면서, 내 자식이 품을 떠난 것만 가슴 아파하는 못난 자식일 뿐이다.

작년 가을 우리 육 남매는 부모님을 모시고 제주도 나들이를 갔다. 어느 유원지에서 아버지는 자꾸 엄마에게 독사진을 찍으라고 성화를 부리셨다. 나중에 알고 보니 엄마의 영정사진을 걱정하고 계셨던 모양이다.

평생을 자식과 집안을 위해 살아오신 엄마와 평생을 당신을 먼저 생각하는 아버지는 그렇게 한평생을 싸우면서 살아오셨다. 그런데 요즘 들어 엄마 아버지의 사이가 부쩍 좋아지셨다.

그런 두 분의 모습을 보면서 기쁨보다는 서글픔이 밀려든다. 이제 이별이 머지않았음을 아셨나 보다. 너무 늦었지만 두 분께서도 열 자식보다 영감 할멈이 낫다는 것을 실감하신 모양이다.

도둑님

책을 도둑맞았다. 한여름 날, 땀을 뻘뻘 흘려가며 거실 한쪽에 수북이 쌓인 책을 한 권, 한 권 꼼꼼히 살펴보며 간추린 책인데 감쪽같이 없어졌다.

어쭙잖은 수필가란 이름을 달고 보니, 이곳저곳에서 수필집이나 시집을 보내오는데 한 달이면 열 권이 넘는다. 대개의 책은 작가가 직접 사인을 해서 보내오는 귀한 책이다. 그런데 바쁜 일상에다 다른 공부에 정신이 팔려 미처 봉투도 뜯지 못한 책이 부지기수였다.

그러나 보내준 분의 성의를 생각해서 언젠가는 봐야 할 책으로 분류를 해서 거실 한편 바닥에 쌓아놓기 시작했다. 다 읽은 책은 책장에다 꽂아두는 내 나름의 분류 방법이었다.

몇 줄로 늘어선 책들은 허리까지 높아졌다. 날이 갈수록 키를 높이는 책을 보면서 나는 그 책들에게 중압감을 느끼게 되었고 이제 어느 책부터 읽어야 할지 엄두를 내지 못할 지경이 되었다. 좁은 거실을 야금야금 차지하면서 뽀얗게 먼지가 쌓여가는 책들에게 특단의 조치가 필요했다.

중국 길림성에 있는 동북사범대학에서 한국어를 가르치고 계시는 대학 은사님의 말씀이 떠올랐다. 동북사범대학은 지금까지 개설되어 있던 조선어과를 폐지하고, 국제 신인도에 따라 2년 전부터 한국어과를 신설했다. 은사님은 동국대 일문과 교수 정년 퇴임 후, 국가에 대한 봉사 겸 동북사범대학의 한국어 학과장으로 가셨다.

교수님으로부터 조선어가 아닌 현재 우리나라에서 쓰는 한국어로 된 책이 많이 부족하다는 말씀을 들었다. 도서관의 한국어과 코너를 채울 책을 돈으로 사려면 중국과 한국의 환율 차이, 중국과 한국의 물가 차이로 인해 엄청난 중국 돈이 필요한데, 학교 당국의 정해진 도서 구입비로는 책장의 한 칸도 채울 수가 없다는 말씀이셨다. 하여, 지인들에게 우리말로 된 책은 장르 불문하고 안 보는 책이 있으면 기증을 부탁하셨다.

봉투도 뜯기지 않은 채 먼지를 뒤집어쓰고 거실 한 귀퉁이를 차지하고 있는 책들에게 숨통을 틔워주고 싶었다. 바다 건너 머나먼 중국 땅에서 우리말을 배우고자 애쓰는 대륙의 젊은이들에게 보내는 편이 훨씬 나을 것 같았다.

더는 미뤄서는 안 될 것 같아 어느 봄날 하루 날을 잡았다. 보내준 저자의 정성을 생각하면서 겉봉도 뜯지 않은 책은 겉봉을 벗기고 책 첫 페이지에 있는 작가의 사인을 곱게 떼어내 따로 정리하면서 선별 작업을 했다. 아는 분의 책도 있고 전혀 모르는 분의 책도 많았다. 꼭 필요한 곳에 보내니 용서하라는 묵언과 함께 미안하고 감사한 마음으로 두 상자 분량의 책을 선별했다. 한 상자에 20kg이니 모두 40kg인 셈이다. 배편으로 부치는데 삯도 만만찮아서 한 상자에 4만 원씩이니 팔만 원이 든다.

이 책을 돈으로 사서 부치려면 엄청난 금액인데 이까짓 뱃삯은 문제가 되지 않았다. 무엇보다 좋은 곳에 쓰인다는 생각에 한편으로 홀가분하기도 하였다. 그렇게 책을 보내고 보름이 지나, 동북사범대학의 한국어과 직원으로부터 좋은 책 많이 보내줘서 너무나 감사하다는 전화를 받았다.

줄어든 책만큼 저 책들을 읽어야 한다는 중압감에서도 벗어나고, 한결 정리된 거실도 홀가분한데 감사의 전화까지 받았으니 이야말로 일석삼조의 효과인 셈이다. 내친김에 아직 남아 있는 책도 마저 보내버려? 교수님께 메일로 의사를 물었다. 아직 한국어과 책장의 한 귀퉁이밖에 채우지 못했다고 한다. 여기저기서 초등학교 교과서부터 여러 종류의 책들을 보내준 지인들이 많지만, 그 책들을 막상 책꽂이에 꽂으면 얼마 안 되는 분량이란다.

'그래, 대륙의 젊은이들이 한국어를 배운다는데 돈 팔만 원이 문제냐.' 키가 줄어들긴 해도 아직 거실 바닥을 차지하고 있는 책들도 마저 보내기로 했다. 더운 여름날, 땀을 콩죽같이 흘리며 책에 쌓인 먼지를 털어내고 보내준 저자에게 감사한 마음으로 이번에도 두 상자 분량의 책을 골랐다.

그런데 중국으로 보내는 선편 화물은 우리가 직접 우체국으로 가져가서 부쳐야만 한다. 그래서 아침에 출근하는 남편에게 아파트 현관 입구까지 좀 내려다 달라고 부탁을 하고 나는 집안일을 대충 마치고 11시가 넘어서 책을 부치려고 1층 현관으로 내려갔다. 그런데 이게 웬일인가? 상자 한가득 채워서 내려보냈던 책이 상자 밑바닥에 몇 권씩만 남아 있었다. 재활용 수거 날도 아닌데, 누가 가져갔는지 도무지 알 길이 없었다. 집집마다 확인을 할 수도 없고 난감했다. 생각 끝에 아파트 엘리베이터에 책을 찾는다는 광고를 붙였다.

저녁 무렵에야 전화가 왔다.

"여기 OOO호인데요, 재활용하는 책인 줄 알고 친구랑 나눠 가졌어요. 저도 책을 좋아하고 친구도 책 읽기를 좋아해서. 책이 깨끗하고, 좋아하는 수필집이라…. 친구한테 전화해서 가져오게

해서 제 집에 있는 거랑 같이 가져다드릴게요."

책 읽기를 좋아한다는 말에 그것도 수필집 읽기를 좋아한다는 말에 나는 책 돌려받기를 포기했다. 가까운 곳에 읽어줄 사람이 있는데 굳이 먼 중국 땅까지 보낼 필요가 뭐 있을까.

도둑맞고 이렇게 기분이 좋기는 처음이다.

연기緣起

　　할아버님! 새우가 하도 싱싱하여 국산이 아닌 태국산인 줄 알면서도 샀습니다. 고사리는 북한산이구요, 명태포는 중국산입니다.

　　할아버님! 태국이 어떤 나라인지는 저도 가보지 않았습니다만, 같은 지구에 있답니다. 중국이니 태국이니 하는 이름이 할아버님께는 낯선 이름이겠죠? 아마 생전에 들도 보도 못한 나라일 것입니다. 할아버님! 요즘은 외국이 옛날로 치면 이웃 동네만큼이나 가까운 곳이 돼버렸습니다. 오늘 제가 장만한 음식 중에도 태국산 새우, 중국산 명태, 필리핀산 바나나가 있습니다. 조기만큼은 중국산을 쓰지 않았습니다. 비싸지만 국산을 샀습니다. 할아버님, 혹자는 그런 말들을 하더군요. 큰 바다에서 중국 배가 잡으면 중국산이 되고 일본 배가 잡으면 일본산이 된다더군요. 그렇다면 국산이란 의미도 별거 아니지요?

할아버님! 이제 저희들의 삶은 국경을 초월하고 있습니다. 수입품은 생선뿐만이 아닙니다. 온갖 육류와 야채, 과일, 심지어는 미국산 쌀에 이르기까지 모든 먹거리와 입을 거리, 공산품이 시장에 넘쳐나고 있습니다. 아마 시장에서 외국산을 다 없애버리면 지금의 우리는 살아갈 수 없을지도 모릅니다.

지금 지구촌의 모든 나라들은 할아버님께서 사시던 그때의 이웃 동네보다 훨씬 서로 의존적인 생활을 하고 있습니다만, 사람들의 심성은 점점 지역 이기주의에 빠져 내 것, 네 것을 따져가며 싸움이 끊이질 않습니다. 너와 내가 믿는 신이 다르다고 싸우고, 더 달라고 싸우고 안 주겠다고 싸우고, 힘으로 누르니까 폭탄테러로 응징하는 지구촌은 아비지옥과 다름없습니다.

태국의 어떤 어부가 잡은 새우로 맛난 새우튀김을 먹고, 중국의 농부가 기른 배추로 담근 김치를 먹고, 호주의 어느 목장주가 키운 쇠고기를 먹고, 미국의 농부가 수확한 오렌지를 먹고 살면서, 우리는 그들과 하나라는 생각을 하지 않습니다. 그들의 고마움을 생각하기는커녕 우리의 몫을 뺏는 약탈자로 적대시하고 있습니다.

이천오백 년도 더 전에 석가모니부처님께서 이 우주는 하나이며 연기緣起한다고 설하셨습니다. 생사生死, 고락苦樂, 유무有無, 선악善惡, 미추美醜, 장단長短, 고저高低, 내외內外, 시종始終, 나와 너 등등 우리가 대립적으로 보는 모든 것들이 실은 동일한 것의 다른 측면일 뿐이며, 서로 의존해서 생기한다는 것입니다. 다시 말해 사는 행위와 파는 행위는 동일한 하나의 과정에 대한 두 개의 다른 이름일 뿐입니다. 마찬가지로 생과 사는 서로를 낳아주고, 유와 무는 서로를 전제로 가능하고, 앞과 뒤는 서로를 뒤따르고, 장단은 상대를 드러내 주듯이, 일체의 모든 것은 상의상관相依相關한다는 것입니다.

얼굴 한 번 뵌 적 없는 할아버님이 계셨기에 오늘의 제 남편이 있고, 할아버님의 증손자인 제 아이들이 있고, 또 아이들의 아이들이 있을 것입니다. 어떤 것도 저 혼자만으로 된 것은 없다는 말입니다. 옛날 자급자족하던 농경사회에 비해 현대의 생활은 부처님께서 설하신 연기緣起를 더 잘 실감할 수 있을 텐데도 사람들은 '나'에 더욱 집착합니다.

중동의 원윳값이 오르면 대한민국 포항에 사는 제게도 금방 그 여파가 미칩니다. 저뿐이겠습니까. 현대를 사는 세상의 모든 사람이 실감을 하든 않든 그 여파를 받습니다. 중국에서 황사가 불면 바다 건너 일본에도 그 영향이 미칩니다. 베트남에서 조류독감이 발병하면 한국의 양계장은 물론이고 닭고기 음식점은 큰

타격을 받고, 우리 아들도 그 좋아하는 닭고기를 먹을 수가 없습니다.

그뿐만이 아닙니다. 지구 반대편에서 일어나는 일도 실시간으로 중계가 되며, 세상의 어느 나라와도 인터넷으로 소통을 하는 세상이 되었습니다. 저 같은 촌부村婦도 일본 유명작가의 작품을 번역하였습니다. 비록 한 번도 만난 적이 없지만, 일본에 사는 그 작가와 저도 이런 식으로 인연을 맺고 있습니다. 제가 번역한 책을 읽은 한국의 독자들도 또 그렇게 저와 일본의 작가와 책을 매개로 한 연緣이 닿겠지요. 이처럼 우리는 인류가 무수겁 이래로 쌓아온 유산과, 문명의 혜택과 폐해 또한 받고 있습니다.

이처럼 우리들의 삶이란 연기緣起하는 하나의 지구, 하나의 우주로서 같은 운명공동체임에도 불구하고 근시안적 시각으로 너와 나를 가르고, 인간과 동물을 구분하고, 생물과 무생물을 갈라서 대립하려고 합니다.

어느 일본 철학자의 말처럼 문명화는 무명無明화인지도 모르겠습니다. 미국의 철학자 켄 윌버도 이런 말을 하였습니다. "진보에 대한 충동 자체가 현재 상태에 대한 불만을 함축하고 있기 때문에 진보를 추구하면 할수록 실은 더 많은 불만을 느끼게 된다. 긍정적인 것만을 강조하고 부정적인 것을 제거하려는 과정에서 긍정이란 부정에 기초해서만 규정된다는 사실을 완전히 망각해 버렸다. 부정적인 것을 파괴하는 것은 긍정적인 것을 즐길 수 있는 가능성 모두를 동시에 파괴하는 것일 뿐이다. 따라서 진보라는 모험에서 성공하면 할수록 우리의 실패는 더더욱 두드러진 것이 되고, 그렇게 해서 총체적인 욕구불만은 훨씬 더 격심해진다.”

세상이 발달하면 할수록 인간들은 전체를 보는 안목을 잃어버리고 더더욱 눈앞에 보이는 작은 것에 매달린다는 말이겠지요. 내 가족, 내 나라와 같은 작은 시각에서 벗어나 부처님처럼 하나의 우주라는 큰 시각으로 보면 세상이 평화로울 텐데, 중생의 무명으로 인해 그런 날이 오기란 쉽지 않을 것입니다.

대서양의 작은 나비의 날갯짓이 태평양을 건너오면 폭풍이 되기도 한다는 말처럼, 세상은 인드라의 그물처럼 씨줄 날줄로 얽혀 있음을 이제야 저도 어렴풋이 알게 되었습니다.

할아버님! 당신이 계시는 무색계는 그런 분별을 벗어난 하나의 우주겠지요. 그래서 이 손부의 제상 차림을 허물치 않을 것이라 믿습니다.

허유일표許由一瓢

　　버리고 잘 치우기만 해도 행복해진다는, 『버림의 행복론』(서울문화사 출간)은 야마시타 히테코〔山下秀子〕가 쓰고, 박전열 씨가 번역한 것이다. 이 책에서는 삶이 복잡하고, 일이 잘 안 풀린다면 나의 주변에 널브러져 있는 물건부터 정리해 보라고 한다. 즉, 단사리斷捨離 운동이라는 것이다.

　　지난해 일본에서 불기 시작한 단사리 열풍은 비단 그들만의 문제가 아니다. 단사리는 물질의 홍수 속에서 필요 없는 물건을 차단하고〔斷行〕, 쓰지도 않으면서 쌓아둔 물건들을 버리고 정리하며〔捨行〕, 물질에 대한 소유욕이나 집착에서 한 걸음 물러났을〔離行〕 때, 자신의 본모습을 찾을 수 있다는 말이다. 많은 일본인이 물질의 풍요 속에서 대량 소비시대가 가져온 복잡한 집안, 그로 인한 번잡한 마음속을 정리해야 한다는 데 공감한 모양이다.

올해도 일본에서는 단사리 열풍이 계속되고 있다. 개인은 단사리적 사고, 기업은 단사리적 경영에 주목한다. 인터넷 포털에는 단사리와 관련된 수많은 블로그가 개설되었다. 특히 일본의 여론 형성에 큰 영향을 미치는 공영 NHK 방송에서 단사리 특집을 마련해 '인생을 대청소하는 사람들'을 소개해 큰 반향을 일으켰다.

단사리는 한마디로 물건을 정리하면서 자신을 발견하고, 마음속의 잡다한 생각들을 버림으로써 인생을 쾌적하게 만드는 기술이다. 꼭 필요한 것만 갖고, 소비는 최대한 줄이면서 살아가자는 행동 철학이요, 환경 운동이다.

정말 공감하지 않을 수 없는 얘기다. 나는 물건을 쉽게 사는 편은 아니라고 생각한다. 그런데도 집 안 여기저기에는 일 년에 한 번은커녕 심지어는 삼십여 년 동안 쓰지도 않은 물건들이 버젓이 자리를 차지하고 있다. 십 년 가까이 방치된 오디오 시스템은 비싸게 샀다는 이유로 거실 한편을 떡하니 차지하였고, 삼십여 년 동안 무용지물인 솜이불은 시집올 때 엄마가 정성들여 장만해 주셨다는 이유로 비좁은 장롱을 차지하고 있으며, 허리가아니라 허벅지도 들어가지 않을 44 사이즈 옷은 지난날의 그리

움과 특별한 의미 때문에 옷장을 차지하고 있다. 몇 번의 여름이 지나도록 한 번도 깔리지 못한 채 그냥 세워져 있는 대나무 돗자리, 먼지를 뽀얗게 뒤집어쓴 채 안방의 윗목을 차지한 진동 안마기, 잔칫날 쓸 수 있을 만큼 많은 그릇은 10년이 넘도록 제구실을 하지 못한 채 찬장 구석에 갇혀 있고, 온갖 지식과 지혜를 담고 있을 책들은 책장의 장식물이 되어 눈길조차 받지 못한 지 오래이며, 그나마 책장에도 끼지 못한 잡다한 책들은 거실 윗목에 차곡차곡 쌓이고 있다. 그뿐만이 아니다. 딸아이 방에는 15년이 넘도록 소리 한 번 내보지 못한 피아노가 건반을 굳게 닫고 있다.

집 안 구석구석을 살펴보니 쓰지 않는 물건들이 훨씬 더 많다. 무용지물인 온갖 물건들을 끌어안고, 그것들에게 자리를 내주고 시간을 할애하여, 쓸고 닦으면서 내가 오히려 물건들의 시녀가 되어 살아왔다는 생각이 들기도 한다.

집 안의 물건 중에 삼분의 일은 없어도 될 성싶다. 아니 절반이 없어도 불편은커녕 오히려 그것들을 쓸고 닦고 제자리에 배치하는 수고로움을 덜 수 있을 것이다.

『몽구蒙求』의 「허유일표許由一瓢」 고사는 청빈의 극치를 보여준다. "허유許由가 기산箕山에 은거하여 살 때, 그릇이 없어서 손으로 물을 떠서 마셨다. 어떤 사람이 이것을 보고 표주박 하나를 주었다. 그 표주박으로 물을 떠먹고 나뭇가지에 걸어 두었더니 바람이 불 때마다 나뭇가지에 부딪혀 달그락거리는 소리가 났다. 허유는 그 소리가 시끄러워 표주박을 버렸다."고 한다.

표주박 하나의 소유에도 번뇌가 따르듯이, 집 안이 복잡하고 번잡하면 정신까지 번잡하게 되는 것은 당연지사다. 게다가 나에게 예속되는 바람에 무용지물이 되어 소명을 다하지 못하게 하는 것은 물건에 대한 예의가 아닐 터이다. 그들에게 활로를 열어주면 나의 번뇌도 그만큼 줄지 않을까.

그러나 과연 내가 허유의 그 고매한 정신을 얼마나 실천에 옮길 수 있을지 의문이다. 까닭은 내가 물건에 대한 집착과 소유욕이 만만찮기 때문이다.

상선약수上善若水 유감

어릴 적 내게 물은 공포였다.

방학이 시작되기 전, 장마가 지면 학교 옆의 늪은 물 높이를 키워 운동장 끝에 있는 미루나무 밑동을 잘라 먹고, 운동장 안까지 슬금슬금 쳐들어오면 하굣길까지 삼켜버리곤 하였다. 그러면 우리는 길을 버리고 논두렁을 지나 수풀 우거진 산길을 돌아 집으로 와야만 했다.

고향 동네 입구에는 제법 큰 저수지가 있다. 여름 방학이면 초동들의 물놀이터였고 겨울이면 팽이치기와 스케이트장이 되어 온 동네 아이들을 불러모았다. 그런 즐거운 놀이터에서 사달이 났다. 오랜 가뭄으로 저수지의 물이 마르자, 저수지 안에 웅덩이를 팠고, 이웃에 살던 동생이 그 웅덩이에 빠져 짧은 생을 마감

105

했다. 어제같이 보던 아이의 소멸과 정신 줄을 놓고 헤매던 친척 아지매의 넋 나간 모습은 어린 내게 크나큰 충격이었고, 그 뒤로 나는 그 무서운 저수지와 이별을 하였다.

　나이가 들면서 옛 성현들의 말씀에 귀를 기울이면서 알게 된, 노자의 『도덕경』 8장 첫머리에 나오는 '上善若水水善利萬物而不爭상선약수수선이만물이부정…'(가장 좋은 것은 물과 같아서 온갖 것을 이롭게 하면서 다투지 아니하고…). 요즘은 이런 편액을 잘 볼 수 없지만, 한때, 잘 지어놓은 한옥이나, 고상한 주인의 그럴싸한 방에서 종종 볼 수 있었던 편액의 글귀 '상선약수上善若水'. 볼 때마다 의문이 들었다. 운동으로 배운 수영 덕분에 웬만한 물에 대한 공포는 사라졌다. 하지만 내가 아는 동생이 겨우 일곱 살에 물에 빠져 죽은 건 엄연한 사실이다. 그런데 가장 선하고 좋은 것이 물이라니.

　필부匹婦가 감히 노자님의 말씀에 토를 다는 불경을 범한다는 야단을 맞을지라도 나는 물이 지닌 일곱 가지 덕〔水有七德〕에 대해서 하나하나 살펴보았다.

　첫 번째 겸손의 미덕 - 물은 욕심이 없어 항상 높은 곳에서 낮은 곳으로 흐른다. 이에 대한 나의 의심은 산꼭대기에 있는 암자의 샘에서 솟아나는 물을 보면서 일어났다. 미진한 나의 의심은 미국의 국립공원 옐로스톤에서 수십 미터를 치솟아 오르던 간헐천의 물기둥을 보면서 첫 번째 미덕은 깨졌다.

나머지 여섯 가지 - 지혜, 포용력, 융통성, 인내, 용기. 대의 - 는 2011년 3월 11일 발생한 동일본의 대지진으로 인한 거대한 해일로 물이 가진 일곱 가지 덕을 한꺼번에 박살 내고 말았다. 텔레비전으로 지켜본 그날의 해일은 마치 영화의 한 장면처럼 인간의 삶을 일순간에 집어삼켰다. 해일로 인한 사망자와 실종자가 2만이 넘는다는 보도는, 창세기에 나오는 노아의 홍수를 방불케 하여, 상선약수上善若水는 말도 안 되는 헛소리가 되어버렸다.

선현의 가르침과 현실의 부조리에 대한 나의 오랜 갈등은 붓다의 가르침으로 해소되었다. 공空, 무아無我, 무상無常, 중도中道, 연기緣起, 불이不二…. 내가 알고 있는 수준으로 말을 하자면, 지수화풍地水火風 사대 원소를 비롯하여 세상의 모든 것에는 항구적으로 변함없는 '실체'가 없다. 다시 말해 물의 실체는 없다. 선도 악도 아니다. 하천이나 계곡을 흐르는 유순한 물은 농경지의 농작물을 키우고, 지친 심신을 달래고 시심을 불러일으킨다. 그렇다고 급류는 나쁜가? 수력발전소는 급류를 이용하여 삶에 편리한 전기를 제공한다. 그러나 동일본의 해일은 수마水魔였다.

이처럼 물의 실체가 없는 까닭에 인연因緣에 따라 선이 될 수도, 악이 될 수도 있다. 흔히 말하듯 물은 배를 떠우기도 하고, 배를 뒤집기도 한다. 같은 물〔因〕이지만, 연緣〔간접적인 원인〕에 따라 결과는 오만 가지로 나온다.

49일째 이어진 장마로 많은 지역에서 물난리가 났다. 사망자와 실종자가 오십여 명에 이르고, 가축 수십만 마리가 물에 빠져 죽었다. 엊그제의 평온하던 마을은 물바다로 변해, 고무보트를 타고 다니며 미처 피난하지 못한 노약자들을 대피시키고 있다. 물로 인한 산사태의 폭거는 사람이 살던 집을 흔적도 없이 덮어버리고 농경지는 자갈밭으로 만들어버렸다. 도시도 예외가 아니다. 아파트 주차장에는 항아리와 차들이 둥둥 떠다니고 도심 한복판의 지하차도를 지나가다 물에 빠져 목숨을 잃은 사람이 한둘이 아니다.

강으로 변한 마을에서 우사를 탈출한 소 떼가 축사를 빠져나와 도로를 달려 인근의 산 정상에 있는 암자로 올라가고, 또 다른 축사의 소 십여 마리는 물난리를 피해 축사와 인근 주택의 지붕에 올랐다가 물이 빠지면서 오도 가도 못하는 상황에 빠져있다. 소의 무게를 감당하지 못한 지붕이 내려앉는 바람에 지붕에서 떨어진 소들이 방 안에 들어앉아 있는 웃지 못할 장면을 보니, 난리도 이런 난리가 없다.

하지만 머잖아 우리는 이 물난리는 극복하고 이번 수마의 교훈으로 제방을 높이고 위험지구를 정비할 것이다. 그리하여 수마에서 벗어나 일상으로 돌아가면 그때는 노자님의 일곱 가지 물의 덕이 아니라 백 가지 덕을 칭송한들 물의 고마움을 대신할까.

우리가 인식하는 차별 상은 서로 갈마들며 자신의 존재를 나타낸다. 선악善惡, 생사生死, 상하上下, 고저高低, 대소大小, 장단長短, 우열優劣, 극락과 지옥, 행복과 불행 등등의 온갖 분별은 상대가 있으므로 존재한다. 그리하여 불이不二이며, 일여一如다.

한 달 넘게 이어지는 장마에 아직 수해 복구는 엄두도 못 내고 있는데, 내일부터 태풍 '장미'가 한반도를 지날 것이라는 보도에 기가 막혀 노자님의 말씀에 딴지를 걸어보았다.

3부
아름다운 봄날

아름다운 봄날

　이천십삼년 삼월 이십육일 그날, 창밖으로 스치는 풍경은 봄날의 환희로 요동치고 있었습니다. 담장 밑 목련은 접은 꽃잎 사이로 새순을 밀어 올리고, 벚꽃은 솜덩이 같은 꽃송이를 몽글몽글 매달았으며, 풀빛으로 치장한 휘늘어진 수양버들은 바람결에 흥이 겨웠습니다. 산기슭에는 진달래 개나리가 앞다투어 제 빛깔을 자랑하고, 연둣빛 물결이 나려 앉은 먼 산에는 하롱하롱 아지랑이가 피어올랐습니다.

　새 생명의 환희로 넘쳐나던 그날은 아버지! 당신을 영구차에 모시고 선산으로 가는 길이었습니다. 영원한 이별과 마주한 그날이 어찌 그리도 아름다울 수 있단 말입니까? 퉁퉁 부은 눈과 혼미한 정신으로 바라본 그날의 풍경은 가본 적 없지만, 상상으로 알고 있는 천상세계나 극락세계처럼 화사하기 이를 데 없었기에 불효막심하기 짝이 없지만, 당신의 저승길이 원통하기보다 축복만 같았습니다.

저희 육 남매 효성이 부족하여 당신의 임종을 지키지 못한 회한을 사십구재로 대신하여 불효를 만회하려 하였습니다. 당신의 배려심 덕분인지 주말마다 지내게 된 재齋에 저희 육 남매 전국에 흩어져 살면서도 한 주도 거르지 않고, 온 봄을 당신과 함께했습니다.

이른 아침에 당신을 만나러 가는 두 시간 남짓, 봄날의 창밖 풍경은 한편의 파노라마 그 자체였습니다. 일주일마다 꼭 같은 시간에 똑같은 곳을 가는데 차창에 들어오는 수채화는 어쩌면 그리도 다른지요.

그리하여 저는 알게 되었답니다. 아버지! 당신은 알지 못하는 저승에 계시는 것이 아니라, 피고 지는 꽃잎에, 먼 산 아지랑이에, 바람결에 스치는 꽃향기에, 시공을 초월하여 온 누리 세상만사 제 맘 가는 곳에 계시다는 것을 알았습니다. 살면서 올해만큼 아름다운 봄날을 경험하지 못했습니다. 이처럼 순수한 봄날을 느끼게 된 것, 아버지 당신 덕분입니다.

아버지! 이승에서 부녀지간의 인연, 참으로 감사합니다. 살아생전 다섯 딸 중에 가장 까칠했던 딸, 돌고 도는 윤회하는 삶이 있다면, 어느 생에선가 당신께 보답하는 날도 있을 것이라 믿습니다.

눈으로 익혀왔던 당신의 형상은 이제 이 세상에는 없습니다. 하지만, 당신께서 온갖 고생으로 저희를 키워내신 덕분에, 우리 육 남매를 비롯하여 손자 열둘, 증손 셋, 현재 스물한 명의 몸속에 당신의 유전자는 살아있으며, 앞으로도 인류사에 면면히 그 맥을 이어갈 것입니다. 그리하여 당신은 인류사에 참으로 고귀하고 값진 삶을 사셨습니다.

당신께 까칠했던 셋째 딸, 참회하는 마음으로 세상 만물에 좀 더 너그러워지겠습니다.

아버지! 사랑합니다.

두릅나물

'안쓰럽기 그지없지만 너를 본 이상 그냥 두고 갈 수가 없구나!' 손아귀에 힘이 들어가자 모가지가 톡! 소리를 내며 떨어지고 그 자리엔 뽀얀 진물이 돋는다.

삼동의 추위를 견뎌내고, 천지간의 기운을 받아 생명의 싹을 밀어 올렸는데, 그만 인간의 손길에 결단이 나고 만다. 잎의 품성이 선한 탓에 온갖 천적을 피하려고 온몸에 가시로 무장을 했건만 영물인 인간 앞에선 무용지물이다.

목두채木頭菜, 문두채吻頭菜, 요두채搖頭菜라는 이름처럼, 오직 모가지를 분질러야 나물이 되는 숙명으로 인해, 한 점 초록의 모가지를 강탈당하고 다시 가시 막대기가 되어버린 몰골은 미안함을 넘어 섬뜩한 느낌마저 든다.

내게 두릅나물은 오래전에 고인이 되신 왕고모님을 연상시킨
다. 어린 남매를 두고 세상을 떠난 남편을 공동묘지에 묻고 온
다음 날, 산속을 뒤져 두릅나물을 따다 죽을 끓여 먹었는데 그
맛이 기가 차더라며 눈물짓던 왕고모님. 모가지를 잘리고도 끈
질기게 살아남지만, 결코 거목이 될 수 없는 두릅나무의 속성은
춥고 배고팠던 민초들의 삶과 닮았다.

앞선 인간의 발길이 닿았던지 목이 댕강댕강 잘려나간 두릅나
무들 사이엔 용케도 인간의 눈을 피해 어느새 잎사귀에 가시를
촘촘히 박아놓아 인간의 먹거리에서 벗어난 것들만 군데군데 눈
에 띈다.

떡잎을 떼어내고, 한 줄기를 찢어 씹었더니 쌉싸름한 풋내와
더불어 아릿한 맛은 오래전 맛보았던 불쾌한 미각을 불러낸다.
녹혈鹿血의 비릿한 쇠 맛!

나들이 삼아 들렀던 사슴농장에서 멋모르고 나눠마셨던 사슴
피. 며칠 동안 가시지 않았던 녹혈의 비린 맛은 피를 흘리며 버
둥거렸을 사슴의 겁먹은 눈동자를 떠올리게 했다.

살기 위해선 부득불 다른 생명을 취할 수밖에 없지만, 오늘의
내가 두릅의 모가지를 꺾는 것은 배부른 자의 상찬上饌을 위한
것이고, 녹혈 또한 같은 맥락이었다.

녹혈을 받아 마시고 나는 한동안 그 사슴의 헌혈을 받아 마땅

한 사람인지 고뇌했던 것처럼, 두릅의 모가지를 분질러 먹을 수 있는 마땅한 사람이 되어야 할 것이다. "천지는 나와 한 뿌리이며, 만물은 나와 한 몸〔天地與我同根 萬物與我一體〕"이라 하지 않았던가.

두릅나물! 민초들의 목숨을 연명케 했던 거친 나물에서, 봄의 미각을 돋우는 으뜸 나물이 된 연유는 힘든 세상을 살아냈던 선조들 덕분에 오늘날 우리의 삶이 그만큼 풍요롭기 때문일 것이다.

왕고모님의 두릅나물은 내게 봄의 허무를 다독이는 선약仙藥이 되고 있다.

꽃

허름한 비닐 천막 안은 외관과는 달리 비밀의 화원이었다. 방금 내려왔던, 찬바람 쌩쌩 불어 만물이 숨죽이며 봄을 기다리던 산과 비교하면, 기화요초 가득한 그곳은 에덴의 동산처럼 아름답고 황홀했다.

온갖 자태로 유혹하는 꽃의 요정에 홀려, 베고니아에 눈길이 갔다가, 제라늄으로 눈길을 돌리고, 종이꽃 같은 부겐빌레아에 눈독을 들였다가 시클라멘으로 바꾸었다. 또다시 터질 듯이 부푼 빨간 꽃망울이 앙증맞은 보로니아에 점을 찍었다가, 들고 가기 부담스러워 작고 가벼운 칼랑코에의 유혹에 넘어갔다가 다시 이름도 예쁜 사랑초에 홀렸다. 노란색으로 할까 분홍색으로 할까? 처음 보는 노란색 사랑초에 넘어가고 말았다. 그러나 이미 내 눈은 맞은편에 하얀 꽃잎을 녹색 잎사귀에 살포시 얹은 설난에 꽂혔다. 그것도 잠시 다시 청노루귀 앞에 걸음을 멈추었다.

이른 봄의 냉기를 견디느라 보송송한 솜털로 줄기를 감싸고 피어난 자청색의 홑꽃. 그 홑꽃을 꽃받침 삼아 미색의 꽃술이 꽃처럼 화사하게 피어있는 야생화 청노루귀. 야생에서는 전문가가 아니면 쉽게 찾을 수 없을 만큼 여리고 작은 꽃, 이름도 특이한 청노루귀 앞에서 결정했다. 이 어여쁜 꽃을 내 집으로 가져가기로.

배낭을 멘 채, 이 꽃을 들었다가 저 꽃으로 바꾸기를 수없이 반복하며 한 바퀴를 돌았지만 어려운 결정을 도와주려는 직원은 없었다. 후미진 산 아래에 있는 비닐하우스. 산행을 마치고 내려오는 사람들은 그냥 구경이나 하고 갈 거라는 것을 그들은 이미 알고 있는 모양이다.

계산을 마치고 일행인 친구를 찾으니, 그녀는 아직 아무것도 고르지 못한 빈손으로 나를 화원의 한쪽 구석으로 이끈다. 거기 화분도 차지하지 못하고 비닐봉지에 담긴 누렇게 뜬 장미 다발을 가리킨다. 훌쩍 큰 키로 보아서 화분에 심을 꽃이 아니라 땅에다 심을 장미꽃 묘목이다.

재활용에 이력이 붙은 그녀지만 기가 찬다. 하고 많은 예쁜 꽃들을 제쳐두고 버리기 직전의 시들어 빠진 꽃을 고른 그녀의 궁상도 지나치고, 저나 나나 송곳 꽂을 땅도 없는 아파트에 사는 주제에 장미 묘목이라니, 어이가 없다.

"어디다 심으려고?"

"아파트 화단에."

"뭐? 그 돈으로 너네 집에 둘 이쁜 화초나 골라."

그녀는 내 말을 무시하고 주인장과 흥정을 하더니, 몽땅 떨이로 헐값이긴 하지만, 내가 산 화분의 몇 곱절 값을 치르고 몇 묶음의 장미 묘목을 비닐봉지 한가득 받아든다.

그녀는 천 원짜리 하나 허투루 쓰는 법이 없다. 그녀에게 사치란 단어는 무용지물이다. 자기 집을 꾸미기 위해 화분을 사는 것을 본 적도 없다. 백화점 신상은 말할 것도 없고, 철 지난 세일 상품도 옷걸이에 걸린 것보단 누운 옷만 찾는다. 유통기한이 끝나가는 떨이 식품코너를 기웃거리고, 1:1 덤이 붙은 기획 상품 마니아다.

반장도 아니고, 통장도 아니고, 1층에 사는 것도 아니고, 아파트 10층에 사는 그녀가, 차를 몰지도 않고, 택시는 절대로 안 타고 버스를 고집하는 그녀가, 한 동 90가구 아파트 공동 화단에 심을 장미 묘목을 산다는 것은 내 생각에 아주 불합리한 일이었다.

게다가 부피와 무게가 결코 가볍지 않은 그것을 들고, 걸어서

산등성이 하나를 넘어야 하는 상황임에도 그녀는 마음을 바꾸지 않았다. 내가 결국 어여쁜 청노루귀를 포기하고 들었다 놓기를 반복하다 겨우 기천 원짜리 작은 선인장 화분 하나를 고른 이유 또한, 여리고 여린 청노루귀를 데리고 산 하나를 더 넘기엔 무리라는 계산이 나왔기 때문이다.

내가 산 화분은 남편이 들었으니, 나만 빈손으로 가기가 민망하여 어쩔 수 없이 비닐봉지 한쪽을 같이 들고 산길을 걸으며 볼멘소리가 나왔다.

"오지랖도 넓지…."

"내가 안 사면 쓰레기통으로 갈 것 같아서…."

"!!!!!!!!!!!"

그녀는 오늘 화원에서 본 어떤 꽃보다 향기롭고 아름다운 꽃이었다.

백합꽃

귀가한 남편이 꽃다발을 내밀었다. 근 사십여 년 만에 맘에 드는 꽃다발을 받았다. 장미꽃 세 송이, 백합 두 송이, 안개꽃 세 가닥을 수수한 종이로 싸서 철사로 묶었다.

그동안 생일이며 결혼기념일에 받은 어떤 꽃바구니, 꽃다발보다 맘에 들었다. 어떤 여인이 꽃을 싫어할까만, 젊어서는 너무 비싸다고 타박을 했고, 나이 들면서는 꽃보다 더 많은 부속품 치장들로 인해 시들어서 버릴 때 성가시다고 타박을 했다. 오랜 잔소리로 이제 소통이 되었다.

창고에 넣어둔 맞춤한 작은 화병을 꺼냈다. 변함없던 거실이 한 다발의 꽃으로 생기를 되찾아 눈길이 절로 갔다. 혹여 실내 공기에 빨리 시들까 봐 밤이면 아예 시원한 베란다로 옮기고, 아침이면 볕 드는 베란다에서 거실 안쪽으로 옮겼다.

이튿날 오후, 평소 못 맡던 향기가 솔솔 풍겼다. 본래 냄새에 예민한 나는 금방 백합 향임을 알았다. 두 송이 중에 한 송이가 봉오리를 열고 있었다. 기특하게도 겨우 꽃잎을 열기 시작한 거기로부터 은은한 향기가 거실을 채웠다. 실내 온도에 신경을 쓰고, 신선한 물도 자주 갈아 주었다.

사흘째 오후, 밖에 나갔다가 집에 들어왔더니, 백합 향이 코를 찔렀다. 집 안에 숨 쉴 수 있는 신선한 공기는 하나도 없는 것 같았다. 숨이 막혔다. 문득 백합 향기로 살인을 한다는 말이 생각났다. 창문이란 창문은 다 열어젖히고 나니 숨을 쉴 수 있었다. 아직 백합 한 송이는 꽃잎을 열지도 않았는데, 한 송이 꽃에서 나는 향기가 이 정도라면 잠자는 방에 다발로 두면 죽을 수도 있을 것 같았다.

장미 세 송이는 아직 꽃봉오리고 청초한 안개꽃을 봐서라도 햇볕 쨍쨍한 베란다로 화병을 내보낼 수는 없었다. 궁리 끝에 향기를 뿜어낼 것 같은 꽃술을 없애기로 했다. 진한 밤색 꽃술을 가위로 싹둑 잘랐다. 개수대의 하늘색 설거지통에 떨어진 꽃술은 못다 한 역할에 항의라도 하듯 자신의 존재를 지울 수 없는 흔적으로 남겼다. 연하늘색 플라스틱 통에 묻은 진노랑 색깔은 세제를 풀어 빡빡 문질러도 그대로다. 향기만 지독한 줄 알았더니, 색깔도 깐깐하고 독하다.

거세를 당했으니, 거실에 둬도 될 것 같았다. 그러나 다음 날 아침에도 거실은 백합 향기로 밀림이 되어있었다. 꽃술을 없앴으니 향기도 줄 것이고, 꽃도 조금은 시들 것이란 내 생각은 착각이었다. 밤새 백합 꽃잎은 보란 듯 한껏 꽃잎을 열어 화병을 독차지하였다. 그 모습은 마치 탁란한 뻐꾸기처럼 뻔뻔해 보였다.

다음 날, 나머지 백합마저 꽃잎을 열었다. 가위가 들어갈 정도로 꽃잎을 열자마자 꽃술을 잘랐다. 두 송이 백합에서 뿜어내는 향기를 감당하지 못해 베란다에 유배시킨 지 며칠이 지났다. 화병은 개선장군이 부는 나팔 같은 백합 두 송이가 차지했다. 장미 세 송이는 백합 향기에 주눅이 들었는지 피지도 못하고 고개를 떨구었고, 뜨거운 햇살에 잎은 바싹 말랐다. 화사한 안개꽃도 볕에 드라이 플라워가 되었는데, 잎까지 창창한 백합의 기세에 기가 질렸다. '너는 어찌하여 거세를 당하고, 햇살 쏟아지는 베란다에서도 이렇게나 독한 향기를 끝없이 뿜어내는 것이냐!

아니야, 내가 미안해. 너의 향기를 맘껏 쏟아내도 무방할 바람 드나들고 벌 나비 유혹할 수 있는 화원이 네가 있을 곳이었거늘. 하다못해 펜트하우스 정도는 돼야 너랑 어울릴 터인데, 너의 본성本性을 모르고 궁색한 아파트로 데려왔으니 무지한 인간의 잘못이다. 다시는 너의 종족을 나의 좁은 집으로 초대하지 않으마. 만물은 본성本性에 따라 제각기 머물 자리가 따로 있음을 오늘 또 너를 통해 배운다.

우리 집에 온 지 열흘이 지난 백합꽃은 베란다의 볕을 고스란히 받으며, 나날이 향기도 모습도 순해지고 있다.

풍매화風媒花

바람이 분다. 봄을 몰고 오는 샛바람이.

봄바람의 유혹에 바람 든 나그네의 발길이 머문 곳, 호미곶 구만리. 언덕배기 청보리 물결은 봄 바다의 왈츠다. 남실남실 일렁이는 보리 물결 어지럼증에 눈을 감으면, 차르륵 샤라락, 차르륵 샤라락⋯ 바람 따라 흔들리는 끝없는 파도 소리.

십칠 년을 고부의 인연으로 살았던 시어머님은 바람을 아주 싫어하셨다. 어머님의 바람에 대한 공포는 제사 때마다 거듭되는 당부의 말씀으로 표현되었다. "메에 바람이 들지 않게 주걱에 물을 묻혀가며 차지게 눌러 담아라. 그래야 자손들이 바람을 피우지 않는단다." 어머님은 그 말씀을 주문처럼, 기도처럼 입에 올리셨다.

　일제강점기, 빈한한 양반가의 딸로 태어난 어머님은 시대의 불행과도 맞물려 있었다. 가세가 기울어 입에 풀칠을 걱정하는 집안의 처녀가 인물이 출중하고 글을 읽었다는 것은 인생행로에 파란을 불러일으킬 뿐이었다. 술로 세월을 죽이던 무능한 양반은 빚 독촉을 견디지 못해 결국, 서울의 권번에 딸을 팔자는 약조를 하기에 이른다. 감당할 수 없는 빚의 탕감에다 논마지기까지 마련해 주겠다는 달콤한 유혹을 뿌리칠 수 없게 만든 것은 세간에 떠돌던 처녀공출이라는 흉흉한 소문도 한몫 거들었다.

　그러나, 기생이 웬 말이냐는 시외할머니의 절규로 권번으로 가는 것은 무산시켰지만 근본적인 해결책은 없었다. 그런 불행을 파고든 매파의 권유로 영천의 어느 갑부, 아들 없는 부잣집 소실로 들어가게 되었다. 꽃다운 나이 열여덟에.

　대를 이을 아들 하나만 낳으면 된다던 매파의 말은 새빨간 거짓이었다. 일본유학까지 갔다 온 장성한 아들을 비롯하여 아들만 넷을 둔 집이었다. 가진 자의 거짓말은 끼닛거리를 걱정하던 하층민에게 하등 문제가 되지 않았고, 남정네들에게 소실은 부와 힘의 과시였다. 첫딸을 낳자 고명딸을 얻었다며 동네잔치를 할 정도로 뻔뻔한 남자들의 세상이었다. 부모 형제를 위한 어쩔 수 없는 희생을 팔자로 여기며, 남매를 낳고 그럭저럭 살아가는 일상도 그리 오래지 않았다.

해방 후 찾아온 동족 간의 이념적 대립은 어머님의 일생을 더 깊은 수렁으로 밀어 넣었다. 일본에서 유학하고 온 큰댁의 장남이 불온사상으로 처형을 당하고, 그 충격으로 영감님은 세상을 떠나자 영천의 내로라하던 부잣집도 풍비박산이 나고 말았다. 삼 년 상복을 벗자, 인품이 남달랐던 큰댁 마나님은 남매를 둔 소실을 위해 부산의 큰 시장에 포목점을 구해서 호구지책을 마련해 주었다.

시장에 나앉은 출중한 미모의 젊은 과수댁은 뭇 남성들의 관심거리였다. 그 뭇 남자 중에서 어머님을 차지한 사람이 시아버님이시다. 그 당시 아버님은 아이를 생산하지 못하는 첫 부인과는 부모님의 성화로 이혼을 하고, 재혼 후, 자식을 여럿 둔 유부남이었다. 처녀 소실자리 찾아줄 테니 애 딸린 과부만은 안 된다는 시할머님의 극렬한 반대도 아버님의 고집을 꺾을 수는 없었다. 그런 우여곡절의 역사로 인해 나는 어머님과 고부의 인연이 마련되었다.

오랜 연애를 하는 동안 남편 집안의 그런 내력을 대충은 알았지만, 결혼 후 왕래하는 친족 관계에 무척 놀랐다. 동복同腹형제는 집안 대소사를 함께 했지만, 이복형제는 결혼 후, 아버님의 장례식에서 딱 한 번 보았을 뿐이다. 시위하듯 몰려왔다 가버리는 큰댁의 형제들. 아무 말은 없었지만, 그들 앞에서 어머님은 죄인이었고, 나는 그들의 슬픔과 분노를 이해할 수 있었다. 피를 나눈 형제지간이지만 그 사이엔 건널 수 없는 강이 흘렀다.

그런 점이 미안했던 어머님은 어느 날 내게 당신의 기구했던 지난 일들을 소상하게 털어놓으셨다. 그때 차라리 기생이 되었더라면 한평생을 죄인으로 살지는 않았을 것이라고⋯. 어머님은 남자들의 바람으로 인해 당신의 일생을 그림자처럼 살아야 했던 피해자이면서, 동시에 다른 여인과 가정에 고통을 준 가해자이기도 했다.

작년 어느 날, 건강보험공단으로부터 뜬금없는 전화를 받았다. 얼굴도 기억할 수 없는 시아주버님의 사후 환급금을 보낼 테니, 남편의 계좌번호를 알려달라 하였다. 사후 환급금으로 통장에 들어온 기만 원에 얼마간의 돈을 보태 불우이웃 돕기 성금함에 넣으면서 왕생극락을 지극으로 빌었다. 얄궂은 인연으로 만난 남 같은 형제.

어머님은 호적상 어떤 남자의 지어미도 되어보지 못했고, 오남매를 낳았지만, 어느 한 자식의 어미도 되지 못한 채, 곁가지로 한평생을 살다 가셨다. 얼굴 한 번 뵌 적 없는 호적상 시어머님의 애환은 또 어떠하였을지는 같은 여인으로 알고도 남는다.

임종을 앞두고 찾아간 아버님께 다음 생에서는 온전히 자신의 지아비만 되어달라는 부탁을 하셨다는 큰 시어머님. 그 유언을 며느리인 내게 고해를 하듯 전하던 시어머님. 이제, 그분들 모두 명계로 떠나셨고, 우리는 그분들의 사랑과 증오의 씨줄과 날줄로 엮은 인연으로 오늘을 살고 있다.

봄바람이 분다. 바람이 불어야 구만리 보리밭은 열매가 충실할 것이고, 지독한 샛바람이 불어야 구만리 바다에 고기떼가 몰려온다는데…….

은행

은행잎 샛노랗게 물든 폐교의 교정에서 며칠째 나는, 은행 이삭줍기를 하고 있다. 통통한 얼굴로 "나 여기 있어요. 저도 여기 있어요. 제발 절 주워가세요. 그냥 썩어버리기는 정말 싫어요." 아우성을 치며 여기저기서 내 손길을 잡아끈다.

첫날 제법 비닐봉지 한가득 주워두었던 은행은 휴일을 지내고 와서 보니 없어져 버렸다. 공휴일에 은행을 주우러 왔던 사람이 가져간 모양이다. 아깝다는 생각보다는 멀리까지 찾아와 하루벌이도 하지 못했을 그들에게 도움이 되었으면 하는 생각이다.

내가 근무하는 회사는 산촌의 폐교를 빌려 사무실로 쓰고 있다. 운동장 둘레에는 아름드리 은행나무가 즐비하고, 느티나무며 호두나무, 목련이 숲을 이룰 정도로 빽빽하니, 봄부터 가을까지 온갖 새들이 둥지를 틀고 새끼를 키우면서 화음 맞춰 노래하고 비행하는 공연장이 된다.

이른 봄이면 자목련 백목련이 앞다퉈 꽃을 피웠지만, 은행나무는 꽃처럼 앙증맞은 연두색 잎만 틔울 뿐 꽃은 볼 수가 없었다. 그런데 어느 가을날, 가지가 휘어질 정도로 은행을 달고 있는 모습이 눈에 들어왔다. 무지한 내 눈으로는 볼 수 없던 은행꽃. 게다가 암, 수 딴 그루라는 은행나무는 바람을 빌려 저리도 옹골차게 열매를 달았다.

가을이 깊어가자 바람은 은행나무의 열매를 떨어뜨리기 시작했다. 구린내를 풍기는 은행이 바닥에 누렇게 깔렸다. 하지만 1, 2층에 근무하는 스무여 명의 직원 중에 어느 한 사람도 은행 열매에 관심을 두지 않았다. 바쁘기도 하지만, 그만큼 가치가 없기 때문이다.

온갖 공해에 범벅이 된 가로수 은행 열매까지 주워 파는 사람들도 있지만, 그들이 청정지역인 이 오지까지 은행을 주우러 오기에는 수지타산이 맞지 않을 것이다. 인근의 주민들조차 가을걷이에 바빠 은행 따위에 신경 쓸 겨를이 없다. 안타까운 마음에 비닐봉지를 들고 주워 담다가 어마어마한 양에 도로 쏟아놓았다. 냄새나는 겉껍질을 벗겨내고 씻고 또 씻어야 하는 뒷일을 감당할 자신이 없었다.

그러던 어느 날 반가운 손님들이 찾아왔다. 손에 마대자루를 든 서너 명의 늙수그레한 사람들이 은행을 주우러 왔다. 인근의 도시에서 왔다는 그들은 해마다 이곳의 은행을 털었는지 익는 시기를 용케도 알고 있었다. 한나절 동안 교정 곳곳을 누비며 마대자루 가득 은행을 담아갔다. 그렇게 며칠 간격으로 찾아오던 그들이 이제 하루 일당의 벌이가 되지 않는지 발길을 끊은 지 오래다.

몇 자루 분량의 열매를 쏟아버린 나뭇가지는 가뿐하게 제자리로 돌아가고, 은행잎은 더더욱 샛노랗게 물들어 갔다. 하지만 꼭대기 가지에 매달린 덜 익은 은행은 마지막 가을볕에 제 몸을 익히고 있다.

바람이 불 때마다 은행들이 시나브로 떨어져 내린다. 지地, 수水, 화火, 풍風, 이 세상의 온갖 은혜로 맺은 열매가 그냥 버려지는 것을 두고 볼 수가 없다. 며칠째 주운 은행 이삭이 비닐봉지로 한가득이다. 이 정도의 양이라면 뽀얀 은행으로 거듭나는 뒷일도 감당할 수 있을 것 같다.

우리 고향 집 대문 앞에도 큰 은행나무가 있었다. 친정엄마의 말씀에 의하면 여동생이 초등학교 1학년 식목일에, 학교에서 가져온 묘목을 심은 것이라 한다. 그러니 햇수로 사십 년이 넘은 나무였다. 해마다 충실하게 은행을 매달았고, 친정엄마는 그 바쁜 와중에도 한 톨의 은행알도 버리지 않고 백옥 같은 은행으로 만들어 자식들에게 골고루 나누어주셨다.

마지막 가시던 그해까지도 한 자루 가득 뽀얀 은행으로 만들어놓고서는 어디를 가시는지 미처 자식들에게 나누어주지도 못하고 급하게 떠나셨다. 나는 한 알 한 알 엄마의 손길이 닿았던 그 은행 한 움큼을 아직도 냉동고에 보관하고 있다. 어머니 돌아가시고 2년 후 우리 집 대문 앞의 아름드리 은행나무도 우여곡절 끝에 주인 따라 지상에서 사라졌다.

내 기억에 처음으로 각인된 은행은 초례상에 올려진, 청색 홍색으로 곱게 물들인 은행이었다. 그때는 그만큼 귀한 열매였다. 오십여 년 전, 가을걷이를 끝낸 시골 마을의 겨울은 처녀, 총각이 혼례를 치르는 한 계절이었다. 혼례식은 온 동네의 잔치였고, 어릴 적 유일한 구경거리였다. 그날 내 손에 들어온 청홍색의 은행 몇 알은 신기한 보석이 되었다.

한겨울 난로 위에서 톡톡 터지면서 익어가는 쫀득쫀득한 미각에 대한 추억, 대여섯 살 꼬맹이에게 미美라는 감정을 처음으로 일깨워 주었던, 보석처럼 예뻤던 시각으로서의 은행에 대한 기억. 나는 어쩌면 유년의 향수를 줍는지도 모르겠다.

자연의 섭리

저들은 어떻게 알까? 저녁놀인지, 아침놀인지.

두어 달 전 친구 집에서 '그랑코에'라는 화초 다섯 가지를 얻어왔다. 그때가 늦가을이라 산야의 녹음은 시들어가는데, 거실 탁자 위의 유리병에 소복이 담긴 그 화초의 연녹색 잎은 무척이나 싱그러웠다.

친구는 화초의 새끼치기를 잘한다. 키우던 화초뿐만 아니라 버려진 화초도 주워 와서는 가지를 자르고 꺾꽂이를 하여 뿌리 내린 후에 지인들에게 나눠주기를 즐기는 친구다. 우리 집에 온 화초도 그렇게 시든 가지는 버리고 쓸만한 것만 잘라서 유리병에 소복하게 꽂아 뿌리를 내리는 중이었다.

도톰한 연녹색 잎이 반질반질 윤이 나는 화초. 그중 몇 가닥을

얼어 와서 유리컵에 담아 부엌 창가에 두었다. 부엌을 들락거리
며 눈길이 닿을 때마다 초록빛을 발산하는 유리컵에 가끔 물만
보충하였다.

찬바람에 눈발이 흩날리는 어느 날 아침, 이상한 일이 벌어졌
다. 화초에서 꽃이 폈다. 관엽식물인 줄만 알고 있던 터라 꽃이
필 줄은 상상도 못 하고 있었다. 게다가 꽃이 너무나 작아서 꽃
봉오리가 맺혔어도 눈에 띄지 않았다. 괭이밥꽃 정도의 쬐그만
꽃인데 진한 분홍색이다. 눈여겨보니 양옆에 두 개의 꽃봉오리
가 더 있다. 열흘이 지나자 드디어 세 송이 꽃이 다 피었다.

그런데 묘하게도 이 꽃이 시간을 안다. 해가 저물어 가는 오후
서너 시만 되면 꽃잎을 오므린다. 실내에 형광등을 켜놓아 대낮
같이 밝아도 저녁이 되면 꽃잎을 닫는다. 그뿐만 아니라, 새벽에
일어나 불을 켜고 보면 꽃잎들은 깜깜한 창가에서 이미 꽃잎을
활짝 열고 있다. 비가 오거나 흐린 날도 예외가 없다.

흙에 뿌리를 내린 것도 아니고, 그렇다고 일광이 좋은 창가에
둔 것도 아니다. 햇볕도 잘 들지 않는 부엌 창가에서 어떻게 해
가 뜨고 지는 것을 감지할 수 있는지 신기하기 짝이 없다.

또 하나 묘한 것은 가장 먼저 핀 꽃송이의 오므림이 둔해졌다.
사람도 늙으면 유연성이 덜해지는 것처럼 꽃송이도 그렇게 늙고
있다.

베란다에는 관엽식물인데도 잎 하나 달지 않은 '벤자민'과 '마지니타'가 뼈다귀처럼 서 있다. 지난여름 바깥 화단에 화분을 내어놓았다가 제때에 들이지 못해 첫 추위에 얼어서 잎들이 누렇게 시들어버렸다. 모진 마음으로 잔가지들을 몽땅 잘라버렸더니 영락없이 나무막대기를 화분에 꽂아둔 모양새다.

죽었는지 살았는지 모르겠지만 나무막대기 화분에도 가끔 물을 준다. 그 덕에 화분에는 여름 내내 바깥에 있는 동안에 여기저기 바람에 날려 온 풀씨들이 싹을 틔우고 있다. 하얀 냉이꽃은 피었다가 이미 지고, 괭이밥은 노란 꽃봉오리를 물고 있고, 이름 모를 풀들이 삐죽삐죽 싹을 내민다. 그러나 정작 화분의 주인들은 묵묵부답이다. 어디에도 새잎을 틔울 기미가 안 보인다. 내가 아무리 안달을 하고 정성을 들여도 때가 되지 않으면 싹이 트지 않을 것이다. 이 겨울이 지나고 따뜻한 봄날이 오면 어느 가지 틈에서 숨어 있던 생명의 싹을 틔우면 좋으련만….

한낮이 지나면 밤이 찾아오고, 밤이 깊으면 새벽이 오는 진리를 물컵에서 핀 꽃조차 알고 있거늘, 밤이 되어도 잠들지 못하는 어리석은 나. 바람처럼 왔다가 바람처럼 사라져 갈 인생인데 무엇을 집착하고 무엇을 두려워할 것인가. 꽃잎처럼 살다 가면 그만인 것을.

뱀에 대한 단상

특별히 하는 운동이 없는 나는, 가끔 이른 아침 뒷산을 오른다. 등산이라기보다 산책이라는 말이 더 어울리는 야산이지만 그래도 아파트 단지에서는 볼 수 없는 온갖 생물들이 거기에 있다. 온갖 새들과 설치류, 곤충, 파충류, 고라니도 먼발치에서 보았다. 직접 보지는 못했지만, 안내문에서 멧돼지를 조심하라는 것을 보면 멧돼지도 이 산속 어딘가에 사는 모양이다.

하여튼 집에서 5분만 산길을 올라도 그들만의 다른 세상이 거기에 있다. 뽕나무 밑에 앉아 가만히 올려다보면 다람쥐를 잡아먹는다는 청설모와 다람쥐가 한 나무에서 오디를 따먹고, 이름 모를 새들까지 오디를 쪼아 먹고 있다. 한 무리의 직박구리들이 고목이 되어 썩어 가는 나무둥치에서 벌레들을 잡아먹느라 연신

부리를 쪼아대고, 저쪽에서도 딱따구리의 생나무 쪼는 소리가 경쾌하게 들린다. 풀숲에 쳐 놓은 기묘한 무늬의 거미줄에는 삶과 죽음이 함께하고, 도토리는 다람쥐의 먹이만 되는 것이 아니라 도토리거위벌레의 부화 장소가 되는 것도 알게 되었다. 이처럼 뒷산은 나의 자연 학습장이면서 연기緣起하는 세상의 이치를 배우고 사색하는 장소가 된다.

그날도 산길을 걷고 있는데, 어떤 한 여인이 심각한 얼굴로 다가와, 무슨 비밀이라도 발설하듯, 목소리까지 낮추며 저기서 뱀을 봤다고 한다. 마치 뱀이 있어서는 안 될 곳에 있다는 말투다. 같이 동조하면 아파트 관리소에 신고라도 할 태세인지라, 산에 뱀이 있을 수도 있지요 라며 대수롭잖게 대꾸하였더니, 대뜸 시골 출신이냐고 묻는다.

지난봄 산행 때였다. 등산길 초입에서 한 무리의 사람들이 막대기를 들고 수풀 속을 뒤지며 소란을 피우고 있었다. 지나가면서 무슨 일이냐고 물었더니 뱀을 보았는데 잡아야 한단다. 며칠 전에는 텔레비전에서 뱀을 애완용으로 키우는 남매를 보았다. 자신들이 키우는 뱀을 목에다 두르고 사랑스런 손길로 연신 쓰다듬는 그 남매가 예사롭게 보이질 않았다.

중국 선종禪宗의 3조祖인 승찬스님의 저술로 알려져 있는 『신심명信心銘』의 서두에 이런 말이 나온다.

지도무난至道無難: 도에 이르는 것은 어렵지 않으니

유혐간택有嫌揀擇: 오직 간택함을 꺼릴 뿐이다.

단막증애但莫憎愛: 다만 미워하고 사랑하는 마음을 없애면

통연명백洞然明白: 통연히 명백하니라.

위 선사의 말씀은 우리가 많은 편견을 가지고 살아간다는 뜻일 테다. 각자의 편견이 자신들의 삶에 큰 지장이 있음을 지적한 것이리라. 내 경우에도 햄스터를 애완용으로 키우는 사람은 예사로 보지만, 아무리 색깔이 곱다 하더라도 뱀을 키우는 사람은 달리 보인다. 뱀이 당연히 살아야 할 곳에 있고, 독사가 아님에도 불구하고 뱀을 보면 잡아 죽여야 한다고 생각하는 사람들도 있다. 어째서 사람들은 뱀을 징그러워하고 싫어할까? 털이 없어서? 너무 부드러워서? 너무 매끈해서? 아니면 너무 길어서?

나 또한 뱀이 징그럽다. 왜 그런지 이유를 따져보니, 털이 있는 햄스터도 키우고 싶을 만큼 좋아하지 않으니 털이 없는 것이 이유는 아니다. 만져보지 않았으니 촉감으로 싫어하는 것도 아니다. 그런데 나는 지렁이도 꽤나 징그러워한다. 그렇다면 너무 가늘고 길어서 그런가?

프랑스의 대표적인 작가 쥘 르나르Renard, Jules의 『박물지』에 "뱀, 너무 길다."라는 지극히 짧은 시가 있다. 이 시로 그는 노벨 문학상을 받았다고 한다. 그러나 단지 길이 때문에 사람들로부터 질시를 받는다는 것은 참으로 인간들의 이성을 비웃는 말이 된다.

좋고 싫음을 간택하지 않아야 도를 이룬다는 가르침 따라 내게 새겨진 호好, 불호不好의 감정을 없애고자 예전에 징그러워하던 벌레들을 기회가 오면 관심을 가지고 만져보기까지 한다. 바퀴벌레, 딱정벌레, 귀뚜라미, 잠자리, 사슴벌레, 배추벌레, 메뚜기, 여치…. 생각보다 모양과 색깔이 제각각인 고것들을 살펴보면 귀엽고 사랑스런 구석이 있다.

그러나 '이브를 유혹한 사악한 뱀'의 이미지가 너무 깊이 각인된 것은 아니겠지만 아무리 기회가 와도 뱀에게 손을 내밀 수는 없을 것 같다. 지렁이도 마찬가지. 그렇다면 너무 가늘고 길어서인가?

좋고 싫음을 간택하지 않아야 도道를 이룬다고 했는데….

구피 이야기

TV 화면에 형형색색의 물고기가 가득하다. 살아있는 물고기라는 게 의심스러울 정도로 인공적이다. '에코 TV' 라는 프로그램에서 대만의 형광물고기를 소개하고 있는데, 치어에 주삿바늘로 형광물질을 주입하여 유전자를 개조한 물고기들이다. 형광물고기들은 미국이나 유럽으로 높은 가격에 불티나게 팔린다고 한다. 행인지 불행인지 일본이나 우리나라는 수입을 금하고 있다니 TV에서나 볼 수 있는 광경이다.

화면을 바꿔 이번에는 일본의 관상어를 소개하는데, 주인이 물고기가 헤엄쳐 다니는 어항의 물을 손으로 떠서 마신다. 수초와 물고기의 비율을 제대로 잘 맞추면 수초가 물고기의 배설물을 다 정화한단다.

우리 집 베란다에도 두 개의 어항에 열대어 '구피'가 삼 년째 대를 이어 살고 있다. 갓난아기 손가락만 한 미물이지만 내가 베란다로 나가면 그들은 먹이를 주는 것을 알고 수면 위로 모여든다.

어항에는 먼저 구피가 큰놈에서부터 막 태어난 새끼까지 수십 마리가 산다. 다음으로 부레옥잠과 노랑어리연꽃과 물양귀비, 개구리밥 같은 수초가 살고 있다. 또 한때 멸종했던 우렁이도 수초에 붙어왔는지 몇 마리가 보이더니만 이제 새끼까지 합하면 그 숫자도 만만찮다. 어항의 물을 떠서 마시던 일본인이 어항은 작은 우주라고 했듯이, 그들은 어항이라는 세계에서 더불어 살아가고 있다.

3년 전에 얻어온 구피 네 마리는 얼마나 새끼를 많이 낳는지 가까이 사는 친구들은 물론이고 심지어 부산과 대구에 사는 형제들에게 분양을 했는데도 아직 어항 두 개가 비좁을 정도다. 수초들의 움직임도 만만찮다. 수면을 가득 덮은 개구리밥은 건어내기가 바쁘다. 물양귀비도 끊임없이 새잎을 밀어 올리고, 심지어는 이 작은 어항에서 양귀비처럼 예쁜 꽃을 피우기도 한다. 아침에 피었다 저녁에 지는 나팔꽃처럼 꼭 하루 낮 동안의 애달픈 만남이다. 그런 아쉬움을 남기고 시들어가는 꽃잎과 수초와 구피의 배설물은 우렁이가 해결한다.

어항 안의 온갖 것들은 저마다의 역할을 하면서 서로를 돕는다. 묘한 자연의 섭리다. 즉 제행諸行이 무상無常하고 상의상관相依相關하는 연기緣起의 세계가 이러할까? 아니면, 부구불정不垢不淨 불정부감不增不減(더러운 것도 아니고 깨끗한 것도 아니며 늘어나지도 않고 줄어들지도 않는)의 세계가 이러할까? 나는 어항을 들여다보면서 부처님께서 설하신 진리를 거기서 이해하게 된다. 아침마다 먹이를 주면 구피는 그것을 먹고 몸피를 불리고 나머지는 배설물로 내놓는다. 먹이의 일부는 구피의 몸으로 화하고 나머지는 똥으로 바뀌었을 뿐이다. 구피와 수초, 우렁이, 그리고 눈에 보이지 않는 수많은 미생물이 사는 작은 어항에서 나는 우리가 살고 있는 지구의 축소판을 본다.

3년 동안 지켜온 순수 혈통에 심심해진 나는 종자 개량을 하기로 마음먹었다. 에스키모인들은 새 유전자를 위해 먼 데서 온 여행객에게 아내까지 빌려주는데 우리 집 어항의 절대자인 나도 그들을 위해 자비를 베풀어야 했다. 그래서 친구네 집에서 구피 두 마리를 얻어왔다. 그중 한 마리는 색깔뿐만 아니라 꼬리까지 화려해서 내 맘에 쏙 들었다. 조류나 관상어는 수놈이 화려하다. 그래서 고놈의 이름을 왕자로 짓고 밋밋하게 생긴 암놈은 못난이로 지었다.

하루에도 몇 번씩 어항을 들여다보면서 새로 온 놈들이 종자 개량의 임무를 수행하는지 눈여겨 살폈다. 그런데 예상이 빗나갔다. 암놈이라 여겼던 못난이는 줄기차게 기존의 암놈들을 따라다니며 구애를 하는데 왕자는 늘 홀로 논다. 암놈과도 수놈과도 가까이하지 않으면서 홀로 유유자적할 뿐이다. 왕따를 당하는 것 같지는 않은데 완전히 내 기대를 저버린, 자신의 본분사도 모르는 이상한 놈이다. 언제나 혼자 동떨어져서 그 화려한 꼬리와 지느러미로 우아하게 유영할 뿐 같이 어울리지 못하더니만 그나마 석 달을 못 넘기고 죽어버렸다.

아하! 미물이나 인간이나 억조창생의 막중한 임무는 언제나 보잘것없는 못난 놈들의 몫인가 보다. 살아남은 못난이는 줄기차게 암놈들을 쫓아다닌다. 못난이가 우리 집 구피의 종자 개량에 어떤 몫을 할 것인지 내심 기대가 크다.

부디 인간들이 너희들 영역을 침범하지 않도록 예쁘고 화려한 색으로 개량을 해 주어야 하지 않겠니? 너희들 몸에 형광물질을 집어넣어 인조 구피로 만들지 않도록 말이다.

환향녀와 위안부와 양공주와

　구순을 넘긴, 생존하는 위안부 할머니의 기자회견으로 촉발된 '정의 기억연대'의 비리는 날이 갈수록 우후죽순처럼 불거지더니, 결국 관련 단체의 쉼터 소장이 자살하는 지경에 이르렀다. 죽음으로 모든 것이 면피가 되는지, 비리의 중심에 서 있던 사람은 국회의원 배지를 달았고, 이제 더는 매스컴의 보도도 없다.

　위안부! 현재, 이 땅에 사는 여성들에게 일본과 관련하여 이보다 더한 치욕과 굴욕과 모욕을 주는 단어는 없을 것이다. 그러나 조선조 500년 아니 그 이전부터 대국大國의 속국으로 살아오면서 수많은 외침을 당했던 이 나라 여인들의 삶은 온전했을까.

　고려와 조선조에 대국大國에 바치던 공물貢物 중에는 공녀貢女도 있었다. 공녀로 차출된 대부분의 여인은 평생을 타국에서 한

많은 세월을 살다 스러져갔다. 그러나 그중에는 포로의 신분에 따라 붙여진 속전贖錢을 지불하고 데려오는 일도 있었는데, 그 일을 맡았던 사신이 속환사贖還使였다. 병자호란 이듬해인 1637년, 속환사 신계영이란 자가 심양瀋陽에 가서 600명의 포로를 데리고 왔다는 기록이 있다. 돌아온 포로 중에 여성을 일컫던 말, 환향녀還鄕女.

고향으로 돌아온 환향녀들은 가문의 치욕이었다. 되놈들에게 정절을 잃었다고, 능욕을 당했다고, 그녀들을 기피하고 무시하며 이혼을 강요했다. 이에 사회적인 문제가 되자, 궁여지책으로 조정에서는 홍제천(서대문구, 마포구 일대에 걸쳐 흐르는 지방 2급 하천으로 조선 시대에 이 하천 연안에 중국의 사신이나 관리가 묵어가던 홍제원이 있었던 까닭으로 홍제원천이라고 한다.)에 몸을 씻게 하여 그녀들의 정절을 회복시켜 주면서 이혼을 불허하였다. 그러나 조선의 옹색한 남자들은 그녀들을 품지 못한 경우가 많았다. 그리하여 결국 자결하거나, 청나라로 되돌아가거나, 질긴 목숨 어쩌지 못해 홍제원(조선 시대의 국영 여관. 지금의 서대문구 홍제동에 있었던 이 여관은 중국의 사신들이 서울 성안에 들어오기 전에 임시로 묵던 공관으로 1895년까지 건물이 남아 있었다고 한다.) 근방에서 창녀로 연명한 경우가 많았다고 하니, 그래서 생겨난 말이 '화냥년'이 아닐는지. 호래자식의 비표준어 '호로胡虜, 호로胡奴자식'이란 말은 환향녀가 낳은 자식을 일컬었다고 하니 말이다.

1950~60년대의 양공주! 1945년 일제로부터 해방이 되고 좌우 이념의 소용돌이에서 벌어진 한국전쟁은 백성들의 삶을 더 깊은 나락으로 밀어 넣었다. 춘궁기가 되면 부황 든 얼굴로 입 하나 덜기 위해 어린 딸을 밥술이나 뜨는 집의 식모로 보내는 그런 세상이었다. 세상에서 아궁이와 입이 가장 무서웠다는 그런 시절, 스스로 미군 위안부가 되었던 불쌍하고 착한 언니들. 양갈보라는 손가락질과 천대를 당하면서도 그렇게 번 돈으로 가족을 부양하고 동생들 학비를 보태어 사회의 일꾼으로 거듭나게 했다.

1970~80년대 경제 부흥기의 호스티스! 젊고 이쁜 여자가 그들의 육체로 돈을 벌 수 있는 새로운 직업. 내 청춘 시절 풍미했던 영화 '별들의 고향', '꽃순이를 아시나요', '영자의 전성시대'는 청순가련한 여주인공이 악덕 자본에 희생당하는 순정한 여인의 슬픈 사랑을 얘기하지만, 그들 중에는 쉽게 더 많은 돈을 벌기 위한 직업으로 택한 사람이 있었던 것도 사실이다. 그즈음 우리와는 비교도 할 수 없을 정도로 경제성장을 이룬 일본인들은 국내 여행보다 값싼 한국으로 몰려들었다. 이때 생겨난 것이 일본인들의 기생관광. 돈의 위력 앞에 윤리 도덕은 그다지 가치가 없었다. 돈맛을 안 A급 호스티스들은 스스로 '일본인 현지처'가 되어 주변의 질시와 동시에 부러움의 대상이 되기도 하였다.

2000년대, 세계가 놀랄만한 경제성장을 이뤄내고 먹고사는 문제에서 해방되자 해외여행이 들불처럼 번졌다. 반도의 남쪽에 갇혀 지내던 한국의 졸부들이 동남아 등지로 매춘여행, 보신補身 여행을 다니면서 국제적 망신을 초래한 기사들이 심심찮게 지면에 오르내렸다. 이즈음, 한때 미국과 패권 경쟁을 벌였던 소비에트연방의 백인 여성들까지 한국의 유흥업소에 등장했다. 돈을 벌기 위해 극동의 분단국까지 찾아든 불쌍한 여인들. 호색한들에게 그녀들의 속칭은 백마였다.

2002년 베트남 호찌민 여행 당시, '구찌터널'에서 만났던 현지가이드 라이따이한Lai Daihan. 우리 주변을 말없이 따라다니기만 하던, 그의 슬픈 대명사가 라이따이한Lai Daihan임을 처음 알게되었다. 인솔 가이드의 말에 의하면 '적대국 군인의 자식'이라는 멍에 때문에 베트남에서 핍박받는 그들을 위해 베트남 정부에서 한국관광객이 많이 찾는 그런 곳에 현지가이드 자리를 마련해 주었다고 한다. 동네 어디서나 만날 법한 선량하고 친근한 한국 청년의 얼굴. 하지만, 노여움 같기도, 슬픔 같기도, 선망羨望 같기도 한, 그 청년의 눈빛은 오래도록 내 가슴에 남아있다. 필리핀에 버려진 수만 명의 코피노kopino는 어떤가!

요즘 시골의 식당이나 중소 도시의 맛집에는 벽안碧眼의 여성부터, 필리핀, 베트남, 조선족 여인들이 손님을 맞고 있다. 가난한 나라의 백성일수록 더 질 낮은 세계의 허드렛일로 밥벌이를 한다. 이게 세상의 질서다.

더는 우리의 어린 학생들에게 일본에 대한 원한과 저주를 가르칠 것이 아니라, 양국의 학생들이 서로 화해하고 상생하는 방법을 찾아야 한다는 이용수 할머니. 일제 피해자 관련 단체가 일본 원폭 피해자협의회에 마스크 1만 2천 장을 지원하기로 하였다는 소식을 접하면서, 할머니의 통 큰 화해에 박수를 보낸다.

십장생의 수난

올해 한글날은 공휴일이다, 아니다며 직장인들 사이에 설전이 있었다. 달력을 봐도 휴대폰을 보아도 법정 공휴일인 빨간 숫자가 아니다.

이유인즉 작년 12월 24일에야 대통령령인 '관공서의 공휴일에 관한 규정'이 국무회의를 통과했고, 그때는 이미 올해의 달력이 만들어진 후였기 때문이란다.

하여튼 23년 만에 한글날이 공휴일로 재지정된 계기는 세계가 한글의 우수성을 인정하고 주목하는 그 공로가 컸을 것이다. 세계가 인정하는 마당에 정작 우리가 한글을 홀대할 수는 없지 않겠는가.

그런데 해가 갈수록 젊은이들과 우리말의 소통이 어려워지고 있는 까닭은 어인 일인가? 이해하지 못하는 TV 광고가 생긴 지는 오래되었고, 이제는 TV의 개그 프로그램을 볼라치면 남들이 웃는 영문을 몰라 남편과 둘이 서로 눈만 멀뚱거리다 다른 곳으로 채널을 돌리는 경우도 생겼다. 아직 두 사람 다 청력에는 아무 이상이 없는데도 말이다.

여대생이 가장 싫어하는 단어가 '안여대'라는 말을 듣고 그런 대학도 있느냐며 뒷북치는 엄마에게 하는 우리 딸의 설명에 기가 찼다. '안여대(돼)'는 여대생들 사이의 은어로 안경 쓰고, 여드름 나고, 돼지같이 뚱뚱한 남학생, 다시 말해 미팅에서 제거할 폭탄을 일컫는 말이란다.

아파트 이름을 들어보면 고급 아파트일수록 국적 불명의 한글에 외래어투성이다. '푸르지오', '래미안', '웰스트림', '타워팰리스', '트라움하우스', '상지리츠빌카일룸', '아이파크', '갤러리아 포레', '월드메르디앙', '센텀', '골드디럭스', '힐스테이트', '포스코더샵', '자이', '두산위브더제니스', '베스트빌'….

이렇게 어려운 아파트 이름을 선호하게 된 이유가 늙은 시부모가 찾아오지 못하도록 한 것이었다는데, 요즘에는 다시 쉬운 이름으로 가는 추세란다. 이유인즉, 시부모가 찾아오기 힘들어 시누이까지 달고 오기 때문이라는데, 우스갯소리지만 씁쓸하다.

지난 추석, 삶의 굴곡에서 딸 둘을 데리고 일본에 귀화하여 살고 있는 시누이가 조카랑 다녀갔다. 힘든 시기를 잘도 견딘 큰 조카는 어엿한 숙녀가 되어 한국 굴지의 기업 도쿄지사에서 일하고 있다. 작은 조카는 미국에서 공부하고 있는데, 3개 국어가 능통하여 다방면에서 활약을 하고 있다.

작은 조카의 웃지 못할 에피소드 하나, 일본인으로서 모국어인 한국어 시험을 미국에서 치렀는데, 하필이면 십장생을 설명하는 문제가 나왔고, 조카는 "한국에서 가장 심한 욕"이라고 답을 썼단다.

얼토당토않은 답에 의아해하는 내게, 요즘 젊은이들 사이에서 쌍욕을 대신하여 '이런 십장생!' 이란 말을 쓰기도 한다는 딸의 부연 설명을 듣고는 어이가 없었다.

대한민국에서 사는 나보다, 열 살에 한국을 떠나 일본인이 되어 미국에서 살고 있는 스물여섯 살 조카가 현재의 대한민국 젊은이와 더 잘 소통하고 있다는 말인데, 문제는 나랏말씀이 말씀이 아니게 되어가는 꼴에 걱정을 아니 할 수 없는 지경이다.

정아야! 십장생이란, 죽지 않고 오래 산다는 열 가지. 곧, 해·

산山·물·돌·구름·소나무·불로초不老草·거북·학·사슴을 일컫는 말이란다.

4부

북경의 가로수

강가강의 모래

선물로 받은 모래 한 병. 이것은 머나먼 인도의 강가강(인도에 있는 갠지스강으로 산스크리트어나 힌두어로는 강가(Ganga), 한자명은 恒河(항하)이다. 불교 경전에 자주 인용되는 恒河沙는 갠지스강의 모래를 말한다.)에서 왔다. 인도 북부를 동서로 가로질러 뱅골만으로 흘러드는 힌두교도들의 성스러운 강, 갠지스강이 그들의 언어로 강가강이다.

나를 비롯하여 우리 집 식구는 물론, 형제자매들 중에서도 인도를 갔다 온 적 없는 우리 집에 강가강의 모래를 갖다 준 사람은 엉뚱하게도 내 친구 아들 형규다.

몇 년 전에 졸업을 앞두고 인도로 배낭여행을 갔다 온 형규는 여비 한 푼 보태주지 않은 엄마 친구인 내게 페트병 가득 담은 항하사恒河沙를 선물로 가져와 나를 부끄럽게 만들었다. 힌두교도들의 성지인 갠지스강 여행 중에 모래를 담아 가는 어떤 순례자를 보면서, 불교 경전에 자주 등장하는 항하사를 나를 위해 가져왔단다.

생각지도 못한 뜻밖의 선물보다 내가 더 놀란 것은 형규의 열린 마음이다. 왜냐하면, 내 친구와 형규는 크리스천이다. 그럼에도 이교도인 내게 주려고 비좁은 배낭 한구석을 할애해서 그 먼 곳에서 가져왔다. 입국 심사대에서 가방 뒤짐을 당하면서까지.

흔히들 크리스천은 종교에 관한 한 매우 배타적이고 편협하다고들 한다. 그것은 그들의 유일신 사상 때문일 것이다. 내 친구의 집안은 대부분이 크리스천이고 우리 집은 불교 일색이다. 하지만 친구와 나는 한 번도 서로의 종교 때문에 얼굴을 붉힌 적이 없다. 그것은 자타를 분별하지 않는 부처님의 가르침을 좋으면서도 매사에 까칠한 나보다, 오히려 유일신을 모토로 하는 크리스천인 내 친구의 넉넉한 마음씨 덕분이다.

인도는 불교의 탄생지였던 까닭에 경전에는 유난히 '항하사'가 비유로 많이 나온다.

수보리여, 만일 보살이 항하사의 모래 수만큼의 세계에 칠보를 가득 채워 그것으로 보시를 할지라도, 일체법에 아我가 없다는 것을 알고, 인욕을 성취한 이 보살의 복덕에 미치지 못할 것이다.

- 『금강경』

유난히 알갱이가 작은 '항하사'는 무량수를 표현하기에 참으로 적절한 표현인 것 같다. 하얀 백지 위에 병뚜껑 하나만큼의 모래를 부어서 세어보고자 했지만 아서라, 나의 어리석음을 비웃을 뿐이다.

페트병 절반의 모래를 쏟아서 냄새를 맡아본다. 특별한 냄새는 없지만, 유난히 반짝이는 모래다. 손으로 이리저리 저어본다. 재첩 같은 작은 조개껍데기도 보인다. 하도 모래 입자가 고와서 마치 흙처럼 손에 묻어난다. 모래를 만졌던 손이 반짝거린다. 이 반짝이는 모래알은 석가모니 부처님 당시에는 조개껍질이 아니었을까? 아니 살아 있는 조개였을지도 모르지.

갠지스강을 찾은 수많은 순례객들의 고통과 환희의 발자국이 되었을 모래. 더욱 거슬러 올라가면 모래로 되기까지의 영겁의 세월 동안 주고받았던 수많은 인因과 연緣의 작용이 있었다.

생각해 보면 한 알갱이의 모래알은 그 속에 까마득한 원시의 세계, 아니 온 우주를 내포하고 있다. 이제야 법성게의 의미를 어렴풋이 알 것도 같다.

나를 때때로 사유의 세계로 인도하는 강가강의 모래 한 병. 그것을 선물한 형규는 내 부족한 신심을 경책하기 위한 보살의 화신이었을까?

一中一切多中一(일중일체다중일)
하나인 그 가운데 일체가 있고, 일체 가운데 하나 있어

一卽一切多卽一(일즉일체다즉일)
하나가 곧 일체이며, 일체가 곧 하나인데

一微塵中含十方(일미진중함시방)
한 티끌 그 가운데 우주를 머금었고,

一切塵中亦如是(일체진중역여시)
우주의 티끌마다 낱낱이 또한 이와 같네

無量遠劫卽一念(무량원겁즉일념)
무량겁 긴 시간이 한 생각 찰나이고

一念卽是無量劫(일념즉시무량겁)
찰나의 한 생각이 무량한 긴 겁이라

- 의상대사 『법성게』 중에서

북경의 가로수

그날, 노거수회장님의 모감주 군락지 탐사에 지인 몇 사람과 동행을 했다. 포항시 동해면 발산리의 깎아지른 절벽에 황금빛 모감주나무 군락지를 관상하고 내처 장기면 뇌성산 중턱에 있는 모감주 군락지를 찾아갔다.

한여름 도심지는 불화로 같았지만, 바닷가에 인접한 뇌성산은 푸른 동해 바닷바람을 맞아 옷깃을 여밀 정도였다.

차를 주차하고 논길을 걸어 돌무더기 산을 향해 걸어가는 내내 몽환적인 분위기를 느꼈다. 무논에는 벼꽃이 피었고, 바람이 불 때마다 쌀 향기가 피어올랐다. 산이 가까워질수록 파도 소리가 들렸다. 낮게 울부짖는 파도의 속울음, 환청 같은 바다 울음이 모감주 숲으로부터 들려왔다.

초행자를 시험하듯 가까이 다가서면 금방이라도 와르르 쏟아져 내릴 것 같은 돌산은 까마득히 올려다보이는 산 중턱에 황금빛 띠를 두르고 있는 모감주나무를 수호하고 있었다.

발산리에 있던 모감주나무도 먼발치에서만 찬란한 황금빛을 허용하더니, 뇌성산의 모감주 역시 쉽게 속살을 허락하지 않을 높은 곳에서 우리를 굽어보고 있었다. 그날의 탐사는 짝사랑하는 연인을 멀리서 훔쳐보는 것으로 끝이 났다.

봄꽃들은 이미 자취를 감춘 한여름, 모감주 꽃마저 스러지기 전에 꽃 잔치에 오라는 초대를 받고 식물원으로 달려갔다. 만개한 꽃잎은 벌을 불러 모아 축제를 열고, 낙화는 황금 꽃비가 되어 땅을 덮고 있었다. 영어로 Goldenrain tree의 의미를 그날 제대로 알 수 있었다. 좋은 식물원은 눈으로 보는 것만이 아니라 귀로도 듣는 식물원이라야 한다는 회장님의 말씀을 그제야 알아들었다.

그로부터 몇 해가 지난 어느 무더운 여름, 누구에게나 오고 가는 삶의 애환에 나 또한 무기력하게 지쳐가고 있을 때, 나는 일상의 탈출구로 중국의 오대산 여행길에 올랐다. 아무런 설렘도, 기대도 없었다. 그저 일행들과 같이 차를 타고 밥을 먹고 걷고 또 걸었다.

세상은 내가 생각하는 대로 보일 뿐이다. 한여름에 얼음이 언 해발 3000미터가 넘는 산악을 넘고 넘으며, 눈비가 내리는가 싶으면 순식간에 구름 속에 갇혀 한 치 앞도 볼 수 없는 변화무쌍한 기후, 까마득한 저 아래서 풀을 뜯는 양들과 양치기가 꼬물거리는 한 점에 불과한 것을 보면서, 나의 허무는 더욱 깊어만 갔다.

그렇게 일주일을 보내고, 버스로 북경 시내를 돌아다니다, 황금빛 모감주나무 가로수를 만나게 되었다.

아! 그때 그 꽃이었지! 동해의 바닷바람과 함께 있던 꽃! 동해의 파도 소리를 품어 안은 뇌성산 중턱에 무리로 있던 꽃! 순간, 이 꽃 저 꽃 바쁘게 옮겨 다니며 꿀을 따던 꿀벌들의 날갯짓 소리가 귓가에 잉잉거렸다.

벌들의 본분사本分事, 치열한 생명 활동, 그들의 분주한 날갯짓이 내 허무를 서서히 몰아내고 있었다.

1유로Euro의 위력

지리산 휴게소에 들렀다. 휴가철이 지난 고속도로 휴게소는 철 지난 바닷가처럼 한산한데, 잡상인들이 펼쳐놓은 난전에서 들려오는 구슬프고 애잔한 피리 소리. 그 애간장을 녹이는 피리 소리를 듣는 순간, 내 눈은 지난봄 에스파냐 세비야의 '스페인 광장'에서 보았던 슬픈 장면을 불러왔다.

내가 알고 있는 광장이란, 이순을 넘긴 요즘에야 시위의 현장으로 뉴스에 등장하는 광화문 광장이 전부다. 그런 내게 스페인 광장은 놀라움 그 자체였다. 화려하고, 웅장하고, 장엄하면서 세밀하고…. 온갖 수사를 갖다 붙여 설명한들 지나치지 않을 대단한 광장.

건물 양쪽의 높디높은 탑을, 아치형 다리와 분수대를, 반원을 따라 장식한 역사적인 사건의 타일 모자이크 벽화를 배경으로 사진을 찍고 또 찍었다. 김태희가 플라멩코를 추던 이 광장에서, 고혹적인 포즈를 따라 하고자 애쓰는 젊은 아가씨들을 곁눈질하면서, 바로크 양식과 신고전주의 양식을 혼합하여 지었다는 우아하기 그지없는 건물 안으로 들어가 보았다.

그 아름다운 건물의 로비에서, 즐거운 여행지에서 보지 말아야 할 것을 보고야 말았다. 아니, 꼭 보아야 할 것을 보았다.

추장 복색을 한, 피리 부는 인디오. 치렁치렁 검은 머리에 극락조의 깃털을 꽂고, 조악한 장신구를 주렁주렁 패용한 잉카제국의 후예. 한때 황금의 제국이라던 영화를 반추하기엔 슬픈 어릿광대의 모습이었다.

그가 옛 제국의 영화를 반추하면서 불고 있는 〈El Condor Pasa〉[1]의 구슬픈 피리 소리를 들으며, 정복자의 위대한 건축물을 구경하던 나는, 돌고 도는 영고성쇠榮枯盛衰의 역사를 생각하였다.

마추픽추의 험준한 계곡 아래서 불어오는 상승기류를 타고 비상하는 콘도르의 기상은 어디 가고, 제국을 도륙한 정복자의 광

---

1) 우리를 안데스산맥의 고향으로 데려가 주오.
  잉카 동포들과 함께 살던 곳으로 돌아가고 싶습니다.
  그것이 나의 가장 간절한 바람입니다. 전능하신 콘도르여.
  잉카의 쿠스코 광장에서 나를 기다려 주오.

장에서 한 닢의 동전을 구걸하는 잉카제국의 후손이라니. 살아남기 위해 망해버린 제국의 민요를 팔아 빵을 먹어야 하는 뼈아픈 현실에, 지난날 러시아의 불모지로, 하와이의 사탕수수 농장으로 떠돌아다녔던 우리의 선조들이 오버랩되었다.

동병상련의 묘한 감정으로 동전 한 닢을 넣고 광장으로 내려오는데, 우리의 민요 아리랑이 인디오의 피리를 타고 있었다. 스페인 광장에서 듣는 아리랑. 같이 갔던 일행들은 환호성을 질렀고, 나는 1유로의 힘을 생각하였다.

요즘, 우리나라의 가장 뜨거운 감자는 반일反日이다. 어설픈 국수주의에 매몰되어 양국이 서로 불매운동에 맞불을 지른다. 경제는 죽어가고, 일자리는 쪼그라드니 서민들의 삶은 더욱 궁색한 현재의 사태를 바라보면서 떠오른 고사성어 어부지리漁父之利. 바람처럼 가벼운 말로써 반일을 조장하고 부추길 것이 아니라 와신상담, 극일을 하는 것만이 우리의 살길인데….

퓰리처 수상작인 『총,균,쇠』의 저자, 제레드 다이아몬드 교수는 생물학과 인류학의 권위자이며 한글 예찬론자이기도 하다. 그는 700페이지가 넘는 방대한 분량의 이 책, 「일본인은 어디에서 왔는가」라는 추가 논문에서 이런 말을 하고 있다. 마치 오늘날 양국의 갈등이 또다시 불을 붙일 것을 예견이라도 한 듯한 발언이다

"양국의 지난 역사는 서로에게 좋지 않은 감정을 품게 했다. 아랍인과 유대인의 경우처럼 한국인과 일본인은 같은 피를 나누었으면서도 오랜 시간 서로에 대한 적의를 키워왔다. (중략) 한국인과 일본인은 수긍하기 힘들겠지만, 그들은 성장기를 함께 보낸 쌍둥이 형제와도 같다. 동아시아의 정치적 미래는 양국이 고대에 쌓았던 유대를 성공적으로 재발견할 수 있는가에 달려있다 해도 과언이 아니다."

대한민국, 그것도 지방의 작은 고속도로 휴게소에서도 듣게 된 인디오의 슬픈 민요. 세상을 떠돌며 피리 부는 인디오들. 그들은 자신의 뿌리가 황금의 제국, 잉카제국의 후예들이란 사실을 알기나 할까.

이번에는 1유로 대신 오방색 스카프 한 장을 만 원에 샀다.

마비끼(間引き)

　인구 감소는 선진국이 겪는 일반적인 현상이긴 해도 우리나라의 출산율 감소는 인구절벽이라는 말을 할 정도로 심각한 수준이다.

　2017년 국가별 출산율을 비교한 「The World Factbook」이라는 제목의 보고서에 따르면, 우리나라의 출산율은 조사 대상국 224개국 중 219위로 1.26명이었다. 우리보다 하위에 있는 5개국 중 홍콩, 마카오, 싱가포르 같은 도시 국가를 빼면 우리나라는 꼴찌에서 3번째였다. 그런데 지난해 합계 출산율이 0.92명으로 역대 최저치를 또다시 경신했다고 한다. 2년 연속 0명대 합계출산율을 기록하면서 올해는 출생아보다 사망자가 많아지는 인구 데드크로스가 일어날 것이라 예상하고 있다.

1980년대만 해도 산아제한 정책으로 한 자녀 갖기 운동을 하였는데, 삼십 년의 세월이 지나 인구절벽이라는 단어를 쓸 정도로 세상은 빠르게 변해버렸다. 고위직 공무원으로 퇴임하시고, 세상을 보는 안목이 출중하여 아직도 사회에 이바지하고 계시는 문단의 대선배님은 30대 초반에 출산 억제를 위한 가족계획 운동에 청춘을 바쳤는데, 이제 거꾸로 출산장려 운동을 하게 되었다며, 격세지감을 토로하신다.

일본어 사전에 마비끼(間引き)라는 단어가 있다. 너무 촘촘하게 난 야채나 과일을 솎아낸다는 뜻도 있고, 덧붙여 터울이 짧게 태어난 아이도 솎아내듯이 죽인다는 뜻이다. 먼 옛날 먹을 것이 부족했던 시대의 일이긴 해도 이 단어를 처음 접했을 때 가히 충격적이었다.

텃밭 가장자리에 심은 유실수 몇 그루에 달린 꽃조차 차마 솎아내지 못해, 해마다 씨알 굵은 과일 한 번 먹어보지 못한다는 지인의 말을 백 퍼센트 공감하는 나로서는, 먹을 것이 부족하기로서니 부모가 자식을 공공연히 죽이는 행위는 짐승보다 못한 인간들이라는 생각이었다.

그러나 일본인들만이 야만적이라 그랬을까? 자식을 솎아내야 할 정도로 먹을 것이 부족했던 그 옛날, 아이가 안 생기게 할 방법도 없었고, 생긴 태아를 낙태할 방법도 없었으니, 태어나자마자 죽이는 것만이 그 시대엔 궁여지책이었을 것이다. 인류는 그렇게 적자생존으로 진화해 왔다.

인륜, 천륜, 도덕률 따위 생각할 수도 없던 동물의 시대를 거쳐, 진화를 거듭한 21세기의 인류는 낙태는 말할 것도 없고, 원치 않는 임신을 원천 봉쇄하는 괄목할 기술의 발전을 이루었다. 게다가, 아이를 원하는 부모들은 자식의 성별은 물론이고, 눈동자며 머리카락 색깔까지 주문생산(?)이 가능한 시대가 되었다.

세상은 참으로 요지경이다. 과학이 발전하고, 먹고 사는 문제에서 놓여난 선진사회일수록 인구 감소에 골머리를 앓지만, 아직도 미개하여 기아에 허덕이는 후진국일수록 높은 출산율로 고민한다.

다시 말하면, 문명의 혜택을 많이 받을수록, 먹을 것이 너무 많아 잉여 칼로리로 고민인 사회일수록 아이를 기피한다는 말인데, 그렇다면 인류의 진화는 아이러니하게도 인류 감소에 이바지하고 있단 말인가. 참으로 난센스다.

게다가 문명사회가 될수록 불임 부부가 현저하게 늘어난다. 우리나라는 부부 열 쌍 중 두 쌍이 불임이라는 통계다. 편리함을 추구한 대가로 치러야 하는 환경오염, 인스턴트식품들, 환경호르몬 같은 것들이 분명 일조를 하였을 것이다.

요즘의 젊은이들은 이기적인 데다 똑똑하고 계산에 밝아서, 이 세상살이가 결코 쉽지 않음을 간파하고, 육아의 부담을 지려고 하지 않는다. 그러나 지난 세월 되돌아보니 힘들고 어려웠던 적이 많았지만, 그것을 참고 견디게 한 것은 자식들이었다. 아이들이 내 삶의 원동력이었고, 보람이었다. 세상에서 가장 지극한 사랑을 일깨운 것도 내 아이들이었다. 단언컨대, 내 삶의 가장 큰 업적은 아이를 낳고 키운 일이다.

　　아직은 물질적인 가치에만 급급해서 놓치고 있겠지만, 우리들의 이기심을 조금씩 줄여나간다면, 천당이며 극락이 저 먼 타방에 있는 것이 아니라 삼천리금수강산이 바로 천당이고, 극락이며 정토淨土가 될 것이다.

　　현명한 인류는 분명 그걸 깨닫는 날이 올 것이라 믿는다.

천계의 향연

일전에 중국 태항산을 다녀왔다. 태항산은 하나의 산이 아니라, 하남성과 하북성, 산서성 3개 성省에 걸쳐진 남북으로 400여 킬로미터에 달하는 거대한 산맥이다. 이곳은 수직으로 내리뻗은 절벽과 험준한 산세로 인해 춘추전국시대부터 군사적 요충지가 되어 역사적 전투가 많이 벌어졌던 곳이라 한다.

까마득한 높이에 마치 성채처럼 몇십 리를 둘러쳐진 장대한 바위군의 위용, 깎아지른 수직 절벽, 그 아래로 끝을 알 수 없는 협곡을 내려다보니 오금이 저린다. 동양의 그랜드캐니언이라는 이름값에 전혀 손색이 없다.

이전 중국의 장가계 여행을 했을 때, 장가계를 보고 나면 세상의 산수는 더 이상 볼 것이 없다고 한 그때의 가이드 말은 우물 안 개구리의 안목이었지 싶다. 장가계와 태항산을 사람에 비유한다면, 장가계는 여자요 태항산은 남자라고나 할까. 처음 만난 태항산의 위용은 너무나 장대하여 인간이란 존재 자체를 한낱 미물로 만들어버리는 그런 산이었다.

그러나 관광이 계속될수록, 나는 산의 위용보다 어떤 난관도 극복해 가는 인간의 불굴의 정신에 감탄하기 시작했다. 위로 오르는 길은 절벽의 바위를 쪼아 계단을 만들고, 옆으로 가야 할 때는 거대한 용이 산허리를 감고 있듯 잔도를 만들고, 수직의 통사다리(筒梯)를 만들어 천길 계곡으로 바로 내려오게 만든 사람들. 인간은 종횡무진으로 태항산을 희롱하고 있었다.

차를 타고 오르면서 바라본 거대한 석벽 8부 능선에 한 줄로 뿅뿅 뚫린 구멍이 궁금하기 짝이 없었다. 그런데 그게 암벽 속에 터널을 만들고 공기의 순환을 위해 뚫은 바위 창이라는 사실을 알았을 때, "인간은 만물의 영장"이라는 말을 인정하지 않을 수 없었다. 바위 속 터널을 차를 타고 달리면서 돌창(石窓) 밖으로 언뜻번뜻 보이는 까마득한 저 아래를 내려다보니 마치 허공을 달리는 것 같은 아찔함에 현기증이 일었다.

거대한 암벽 덩어리의 산을 깎고, 파고, 매달아, 갖은 수단과 방법을 가리지 않고 상하좌우로 길을 내어 기어이 태고의 속살을 보고야 마는 인간들. 그들의 황당한 만용과 질리도록 끈질긴 집념에 경외심이 일기 시작했다. 우공이산愚公移山의 고사성어가 그냥 나온 말이 아니었다.

　다음 날, 천계산天界山 관광은 글자 그대로 천상의 선경이었다. 깎아지른 절벽 산허리에 길을 낸, 들쭉날쭉 구불구불한 운봉화랑雲峰畵廊 이십 리 길. 굽이굽이 절벽 길이라 시야가 가릴 때마다 빵빵 소리로써 서로 간에 소통을 한다 하여 "빵차"로 불리는, 궤도 열차 비슷한 미니버스를 타고 40여 분 유람을 하였다. 한마디로 천계에서의 신선놀음을 끝내고, 노자가 사십여 년을 수행했다던 노야정老爺頂에 오르기 위해 케이블카를 탔다. 정상에 오르는 15분 동안 천계산은 아무것도 보여주지 않았다. 온통 구름과 안개의 장막이었다. 케이블카를 내려 또다시 팔백팔십여덟 계단을 올라야 있다는 노야정. 구름과 안개로 장막을 친 그곳은 내게 도연명의 이상향으로 가는 길이었다.

　노자가 수행했던 곳, 그곳엔 분명 저 아랫동네에서 볼 수 없는, 신선들이 노닐 만한 특별한 그 무엇이 있을 것이니 이 정도의 고통은 감수하리라. 심장의 고동 소리는 점점 거칠어지고 비오듯 흐르는 땀을 훔치며, 천상의 세계로 통하는 마지막 관문을 통과하는 의식을 치르듯 좁고 가파른 계단을 오르고 또 올랐다.

　그러나, 이게 웬일이란 말인가! 마지막 계단에 올라선 순간, 매캐한 연기와 메슥거리는 악취에 숨이 막혔다. 이럴 수가! 물질

만능을 쫓는 인간의 속물근성이 현자의 수행처를 시장바닥으로 만들어놓았다. 아! 인간이 본래 신선을 닮았으나 세정에 물들어 신령스럽지 않음을 알기에 그들이 노니는 곳을 찾았건만, 인간은 천계조차 자기들이 사는 곳으로 바꾸어 버렸다. 천계산 꼭대기까지 오르는 동안 인간이 만물의 영장임을 믿어 의심치 않았는데….

현천상재玄天上宰라 쓰인 간판을 단 꾀죄죄한 전각에 모셔져(?) 있는 노자상. 참배하려다 무위자연無爲自然하라던 당신의 이념을 욕보이는 것 같아 그만두고 물러났다. 전각 앞에 놓인 향로에 다발로 꽂힌 향에서 피어오르는 연기는 마치 인간의 욕망처럼 뭉클뭉클 피어올라 주변을 혼탁하게 만들고 있었다. 과유불급이라, 향은 악취가 되어 신선을 찾아온 인간들에게 멀미를 일으키게 하였다. 그곳엔 신선은커녕, 노자마저도 인간의 탐욕에 볼모로 잡혀 있을 뿐이었다. 좁은 정상에 있는 몇 채의 전각에 들어앉은 엇비슷한 석상들에게 인간이 신의 역할을 부여하고 돈벌이를 하고 있었다.

천계의 꼭대기까지 기어이 뚫고 깎아서 길을 만들어 무더기로 오르고 마는 인간들에게 노자의 무위자연은 이미 공염불이었다. 그러나 기암절벽의 꼭대기에서나마 세사의 탐욕을 내려놓고 호연지기만이라도 느꼈으면 하는 바람 간절하였다.

바위를 뚫고, 산허리를 감고, 이도 저도 안 되면 공중에 줄을 걸고서라도 기어이 정상에 오르고야 마는 저 영특하고 끈질긴 인간들. 한편으론, 돌덩이를 깎아 만든 형상에다 복을 달라고 매달리는 어리석고 욕심 많은 인간들이 합세하여 노야정에서 노자와 신선을 쫓아버렸다. 아니지, 인간이 감히 신선을 쫓을 수는 없지! 우공이 산을 옮기는 인간의 무서운 집념 앞에 신선은 스스로 그들의 놀이터를 인간에게 양보하고 하산을 한 것일 테다. 그리하여 해발 1570m 높이에 있는 노야정의 신령스러움은 옛이야기가 되었고, 천계는 씁쓸하게도 아랫동네보다 못한 메케한 냄새로 오염된 난전이 되어 버렸다.

이러니 무신론을 주장하는 사람들이 "신이란 욕심쟁이 나약한 인간들이 만들어 낸 허상"이라 했을 것이다. 그 말은 인간을 능가하는 신은 없다는 또 다른 표현이기도 하다.

그래도 인간이 기댈 신의 땅이 어딘가 있을 것이라는 기대를 저버리지 않는 까닭은 나 스스로가 아직 열어보지 못한 미지의 마음의 세계가 있다는 것을 알기 때문이다.

무슬림의 여인들

　노출의 계절이다. 동해안 7번 국도를 따라 떠난 드라이브. 푸른 동해가 만들어 낸 크고 작은 해변에는 벌거숭이 선남선녀들로 북적인다. 생의 후반을 살고 있는 몸이고 보니 그들의 싱싱한 육체가 마냥 부럽다.

　지난 4월, 터키 남부의 파묵칼레 온천에서는 세계 각국 남녀의 벗은 모습을 보았다. 동서양에서 몰려든 여행자들은 그들의 문화에 맞게 온천욕을 즐기고 있었다. 일본 스모 선수 같은 몸매에 비키니를 입고 당당하게 활보하는 할머니 할아버지가 있는가 하면, 근육질에 훤칠한 슬라브족 젊은 남자는 눈요깃감으로 손색이 없었다. 미의 여신 비너스보다 더 예쁜 몸매에 백옥 같은 피부를 유감없이 드러낸 비키니 차림의 젊은 아가씨들도 내 눈을 피할 수는 없었다.

그러나 아직도 잊히지 않는 모습은 검은 차도르로 온몸을 가리고 온천에 들어온 이슬람의 여인들이었다. 가족 관계로 추측되는 그 여인들의 살갗을 볼 수 있었던 것은 오직 발뿐이었다. 검은 장갑을 낀 손으로 검은 차도르가 젖을세라 약간 들어 올린 드레스 자락 밑으로도 여지없이 검은 바지가 살갗을 꽁꽁 가리고 있었다. 오직 신발을 벗은 발만이 하얗게 드러났다. 파묵칼레 온천에서 내 시선을 물고 늘어진 것은 쭉쭉 빵빵 비너스와 다비드의 몸매가 아니라 온몸을 감싼 그 여인들이었다.

그날 저녁 호텔의 온천탕을 찾았다. 한때 한국에서 퇴폐의 상징이었던 터키탕이 터키 본고장에서는 어떤지 경험해 볼 요량이었다. 우리의 공동 목욕탕과는 달리 속옷을 다 벗을 수 없다는 말을 일찍이 들었던 터라 수영복을 챙겼다. 우선 노천의 온천 수영장에서 자유영으로 시작하여 접영까지 수영을 한 후, 수영복 차림으로 터키탕으로 들어갔다. 문을 열자마자 후각을 자극하는 야릇한 향내와 함께 목욕탕 한가운데 원형의 온돌방처럼 생긴 널따란 곳에 누운 두 여인에게 거품 마사지를 해 주는 근육질의 젊은 남자 모습이 눈에 들어왔다.

속옷을 벗을 수 없는 이유를 알아차린 나는 한 귀퉁이에 앉아서 옛날 우물가에서 목욕하던 것처럼 바가지에 물을 퍼서 머리를 감고 몸을 헹구면서 곁눈질을 했다. 중요 부위 두 곳만 가리고 벗은 온몸을 낯선 남자에게 맡긴 그 여인들도 무슬림인지 궁금했다. 온몸을 정성 들여 마사지한 후, 물로 거품을 씻어내고 커다란 타월로 몸을 감싼 후, 정성스레 닦아주던 젊은 남자는 가벼운 포옹으로 마무리를 했다. 그 모습은 마치 젊은 연인들 같이 보기 좋았다. 탕을 나가는 젊은 여인의 홍조 띤 얼굴을 보면서 같이 있던 늙은 여인은 아마도 그녀의 어머니일 거라고 짐작해 볼 뿐이었다.

다음 날 터키의 중동부 카파도키아에서 아주 이질적인 춤, 수피댄스와 벨리댄스를 한곳에서 관람하였다. 이슬람 신비주의자들이 추는 수피댄스는 희고 검은 망토를 입은 수도사들이 춤을 통해서 알라와 하나가 되는 종교의식이라 한다. 그런 성스러운 종교의식에 뒤이어 현란하고 관능적인 벨리댄스를 본고장에서 보게 되었다. 반라의 여인들이 가슴과 엉덩이와 허리를 사정없이 흔들어대는 외설스럽기(?) 짝이 없는 춤을 보면서, 검은 차도르를 걸친 여인과 벨리댄스를 추는 여인은 같은 무슬림인가 하는 의문이 들었다. 왜냐하면, 터키 국민의 98퍼센트가 무슬림이라는 말을 가이드로부터 들었기 때문이다. 수피댄스와 벨리댄스 둘 다 아름답기는 그지없었다.

실크로드의 종착지인 터키 곳곳에 그 옛날 대상隊商들의 숙소

였던 곳이 유적으로 남아있었다. 당시 황제의 칙령으로 일정한 거리마다 대상들의 숙소를 운영하였다고 하니 동서양 문물의 요충지로서의 위상을 짐작할 수 있었다. 기나긴 여로에 지친 대상들의 돈주머니를 열게 하는 것쯤은 배꼽춤을 추는 무희들에게 식은 죽 먹기였을 것이다. 아무리 인색하고 이문에 밝은 비단장사 왕서방이라 한들 어찌 그 아름답고 요염한 여인들을 물리칠 수 있었겠는가.

터키 국내선을 타고 이스탄불로 오는 공항에서 만난 무슬림의 젊은 남녀. 탑승 절차를 밟으면서 내 앞에 섰던 검은 차도르에 검은 긴 장갑까지 낀 여인은 공항 대기실에서도 우리 옆자리에 앉았었다. 동행자인 젊은 남자 옆에 찰싹 들러붙어서 끊임없이 재잘거리는 의외의 모습에 곁눈질했는데, 비행기 좌석조차 내 옆자리다. 이제는 곁눈질도 필요 없다. 두 남녀는 아마 신혼여행을 가는지 장갑을 벗은 여인의 손에 헤나 문신 자국이 선명하다. 우리나라의 젊은이들 못지않게 그들의 애정행각도 서슴없었다. 여인은 거의 안긴 채 끊임없이 재잘거리고 남자는 가끔 응대하고 있었다.

아! 아라비아의 여인들이 저리도 애교가 많으니 남자들이 단속하는 것인지도 모르겠네. 아무리 검은 천으로 여성성을 가려도 본능은 어쩔 수가 없는 모양이다. 콜걸들이 입을 만큼 야하고 화려한 속옷 가게의 단골손님은 이슬람 문화권에서 온 여행자들이란다. 그러고 보니 세계의 어떤 춤보다 나신에 가까운 화려한 속옷(?)을 입고 온몸의 관능을 자극하는 벨리댄스의 본고장이 바로 아랍이지 않은가!

새벽이면 어김없이 근처의 모스크에서 들려오던 그 형언할 수 없이 경건한 코란의 기도문 소리와 휘황찬란한 불빛 아래 요염한 무희들이 흔들어대던 장신구의 경쾌한 찰랑거림은 묘한 화음이 되어 이국의 정취를 한껏 부풀리고 있었다.

낮과 밤이 어울려 하루를 이루듯 검은 차도르의 여인과 벨리댄스의 무희는 이슬람 문화의 극치를 이루고 있었다. 극은 서로 통한다고 했던가!

내연산 단풍 기행

"먼 데 의원이 용하고, 성인도 옆집에 살면 필부가 된다."는 말처럼 우리는 대체로 가까이서보다 먼 곳에서 뭔가를 구하려는 경향이 있다. 나 또한 필부인지라, 생의 절반을 넘는 세월을 포항에서 살았지만, 그 넓은 보경사 주차장이 종종 미어터지는 이유도 모른 채 다른 먼 곳으로만 눈을 돌렸다.

늦가을인 11월 2일, 노거수회의 내연산 산행은 홋카이도의 단풍을 찬탄해 마지않았던 나를 부끄럽게 만들었다. 포항에 터를 잡고 산 지 삼십 년이 넘었고, 보경사가 있는 내연산을 일 년에 두세 번은 다녔으니, 어림잡아 수십 번은 내연산을 오르내린 셈이다. 하지만 오늘에야 내연산의 속살을 제대로 보았다.

경북도립 수목원에서 사갓봉으로 오르기 시작한 산행은 초입부터 숨이 턱턱 막혔다. 가파른 산길을 치달아 올라 사갓봉 아래 전망대에서 가쁜 숨을 진정시키며, 날아갈 듯한 정자에 올라 동서남북으로 굽이굽이 펼쳐진 산야를 조망하노라면, 송라면과 청하면이 펼쳐진 그 끝자락에서 맞닿은 푸른 동해와 하늘은 그 경계가 모호하다. 바다와 하늘의 혼연일체를 바라보노라면 세사世事의 인연 따위 티끌같이 작아지니 선계의 신선이 따로 없다.

호젓한 참나무림 오솔길을 걸어가노라면, 회원들 배낭에 들어있는 안줏거리 홍어회 냄새를 맡았는지 한 무리의 까마귀 떼가 길동무를 한다. 참나무 군락지에 있는 한 그루 독야청청한 외솔배기 노송 아래 쉬면서 막걸리 한 잔씩 나누어 마시니, 갈증에 단내 나던 몸에 신선들이 즐기던 단약이 되어 가파른 내리막길을 한걸음에 굴러 탑산사지에 닿는다.

인적 끊긴 깊은 산속 수북한 낙엽 더미 속, 여기저기 나뒹구는 그릇과 기와 조각들은 옛날 옛적에 도를 닦던 승려들이 살던 곳이었음을 증명하고 있다. 탑산사의 내력은 신라 대에 창건하였고, 조선 후기 호환을 당했을 때 이 절의 젊은 스님이 혼자만 살겠다고 의리를 저버린 사건으로 폐사된 것으로 전해지고 있다. 아무렇게나 흩어져있는 기물의 파편들은 성주괴공成住壞空, 무상無常의 진리를 깨닫게 하는 무정설법無情說法을 하고 있다.

이 산의 대표 비경 중 하나인 삼동석을 바라보면서 꿀맛 오찬을 나눈 후, 길을 버리고 한동안 계류를 따라 내려간다. 내연산 열두 폭포의 첫 번째인 시명폭포를 시작으로 계곡 요소요소에서 만나는 폭포들과 두두물물이 제각각의 형색으로 어우러져 빚어내는 비경에 연신 비명과 같은 찬탄이 흘러나온다. 한 폭의 비단처럼 흘러내리는 폭포, 그 아래 녹색의 용소龍沼에는 승천을 앞둔 이무기가 살고 있을 법한 서기가 흘러넘치고, 저편 기슭에는 고혹적인 빨간 꽃을 피운 한 무리의 나무들이 눈길을 잡아끈다. 무서리 내리는 늦가을에 꽃을 피운 나무라니? 다가가 보니 꽃이 아니라 보석보다 예쁜 빠알간 열매들인데, 나무 이름이 비목이란다. 비목, 유월이 오면 우리를 애달프게 하는 노래, 비목碑木과 같아서인지, 나목에 달린 붉디붉은 열매들이 예사롭지가 않다. 한 알을 따서 맛을 보니 맵싸름하고 야릇한 향내가 나는데 일본에서는 천연기념물로 대접받는 귀한 나무란다.

조선 중기의 대 문장가였던 해월 황여일 선생의 내연산 유람기에 나오는 주연舟淵이라는 넓고 깊은 소沼에 이르렀다. 큰 수영장 같은 소에는 천지에 가득한 만추의 풍경이 고스란히 담겨 있었다. 명경수에 떠 있는 고운 단풍잎은 꽃잎을 뿌려놓은 듯 아름답다. 이처럼 순하고 정갈한 물과 어울릴 만한 여인은, 장미 목욕으로 유명한 클레오파트라도 아니고, 양귀비도 아닌 잠자리 날개 같은 옷으로 하강하는 천상의 선녀들일 거라는 생각을 해

본다. 현종과 양귀비의 온천장으로 유명한 화청지華淸池에 있는 온갖 목욕탕이 인간이 만들어낸 목욕 문화의 극치라면 내연산 열두 폭포와 소沼는 자연이 빚은 걸작이다. 인간이 만든 화청지에서 끝을 모르는 인간의 욕망을 보았다면, 자연의 걸작인 계곡의 청정수에서는 순수라는 말 외에 어떤 단어도 필요치 않다.

물에 민감한 나는 약수터 물은 물론이고, 웬만한 식당에서도 물을 먹지 못한다. 배탈이 나기 때문이다. 그런 나를 보고 사람들은 까탈스럽다고 타박이다. 그런데 일행 중의 한 분이 전날 과음한 탓에 취기가 덜 가신 얼굴로 산행 중에 수시로 계곡물을 벌컥벌컥 들이켜는 모습을 보면서 나도 용기를 얻어 마셨다. 아니, 수정 같은 물의 유혹을 이겨낼 수가 없었다. 물맛은 차고 달았다. 열두 폭포를 훑어 내리는 장장 여덟 시간에 걸친 산행 끝에 저녁 식사자리에 이르렀다. 몸에 맞지 않은 물을 마시면 이 시간쯤이면 급히 화장실을 찾아야 하건만, 내 몸은 산행으로 기분 좋은 피로감만 있을 뿐 배 속은 편안하기만 했다. 하긴 1급 생수를 마시고서 배탈 걱정이라니. 그렇다면 내 몸은 까탈스러운 것이 아니라 정직하였구나!

오늘의 산행으로, 조선시대 사대부들이 앞다투어 이 산골 열두 폭포가 펼쳐놓는 비경의 계곡을 유람하고, 그 후기를 남긴 문사들이 한둘 아니었고, 진경산수화의 거장 겸재 정선이 내연산

삼용추를 여러 편 그려 남긴 이유도 알았다.

새봄이 오면 이번 산행을 통해 알게 된 은방울꽃 군락지 '비밀의 화원'을 다시 찾아야겠다. 그런데, 비경에 취해 들떠 있었던 탓에 정확한 위치가 아물거린다. 보물은 아무에게나 알려서는 안 된다며, 그래서 비밀의 화원이라며 안내를 하시던 선생님의 말씀이 생각난다. 보물은 보물로 볼 수 있는 안목과 인격을 갖춘 자만이 볼 수 있다는 말씀이다.

봄날의 내연산은 또 어떤 비장秘藏을 열어 보여줄지 벌써 가슴이 설렌다. 그나저나 비밀의 화원은 찾을 수 있으려나….

잊지 못할 그 사람
- 오대산에서 만난 여인

십수 년 전, 지독히도 힘든 한때가 있었다.

오늘 밤을 끝으로 내일 아침에는 눈을 뜨지 않기를 바라면서 잠자리에 들었다. 불행은 쌍으로 온다는 말처럼, 갑작스러운 엄마의 별세와 함께 온갖 삶의 인연들이 어긋나고 있었다.

일상을 벗어나면 들끓는 마음에서 놓여날까 싶어, 도반들과 함께 중국 오대산 여행을 떠났다. 부처님의 탄생지 룸비니, 성도지成道地 부다가야, 최초 설법지 녹야원, 열반지 구시나가라와 함께 오대산은 세계의 불교 5대 성지聖地 중의 하나다.

나중에 알아보니, 오대산은 중국 산서성 북동부에 있는 해발 삼천 미터가 넘는 주봉 협두봉(북대)을 비롯하여 망해봉(동대) 괘월봉(서대) 금수봉(남대) 취암봉(중대) 다섯 봉우리를 일컫는 말이었다. 일 년에 8개월 이상 눈이나 서리가 내린다는 산꼭대기는 너무 높아 그런지 나무 하나 없어 흙을 쌓아 올린 누대 같았다. 그런 척박한 환경에도 1500년의 불교 역사를 지니고 있다. 전성기 당나라 때는 300여 개가 넘는 사찰이 있었으며 현재도 40여 개의 절이 남아있다. 중국뿐만 아니라 일본, 중앙아시아, 티벳, 인도에까지 그 이름이 전해졌고, 신라의 자장율사와 『왕오천축국전』을 쓴 혜초스님도 오대산에서 수행하였다고 한다.

그러나 여행 당시에는, 오대산에 대한 어떤 지식도 없었으며 알고 싶지도 않았다. 내가 발 딛고 있는 곳이 동서남북 어느 봉우린지, 다음 갈 곳은 어딘지 전혀 궁금하지도 않았다. 여행을 따라오긴 했지만, 그 어떤 것도 내게 흥미를 불러오지 않았다는 말이다. 그렇게 허깨비처럼 일행을 따라다닐 뿐이었다.

동서남북 어느 봉우리인지 모를 곳에 케이블카를 타고 내려서는 거기가 거기같이 엇비슷한 사찰 앞에서, 가이드는 자기가 알고 있는 모든 지식을 동원하여 설명하고는 삼십 분의 자유시간을 주었다.

딱히 보고 싶은 것도, 알고 싶은 것도 없는 나는, 멍하니 케이블카를 타고 올라왔던 저 아래를 내려다보니, 어떤 여인이 꼬불꼬불한 비탈길을 오체투지로 올라오고 있었다. 존경심도 안타까움도 없는 무심한 눈으로 그냥 지켜보기를 한 이십 분은 족히 되었을 것이다. 그 사이 그녀를 보려고 많은 사람이 몰려들었고, 그녀가 드디어 절 마당에 도착했다.

모여 있던 사람들이 그녀를 향해 합장하였고, 나도 그녀의 투지에 두 손을 모았다. 그런데 일이 벌어졌다. 그녀가 사람들을 지나쳐서 내 앞으로 오더니 뭐라고 뭐라고 얘기를 하기 시작했다. 일행들이 여기저기 있긴 하였지만, 중국말을 알아들을 수 있는 사람은 아무도 없었고, 가이드는 보이지도 않았다. 나는 당황하여 합장을 한 채 그녀를 바라볼 뿐이었다. 나무라듯 달래듯 한참을 떠들더니 다른 곳으로 갔다. 그제야 나타난 가이드는 시간을 재촉하며 우리를 다른 곳으로 인솔하였다.

일행들이 내게 중국어를 아느냐고 물었고, 궁금하기는 저들이나 나나 마찬가지였다. 쇠귀에 경 읽기는 그렇게 해프닝으로 끝나고, 나는 여전히 영혼 없는 허깨비처럼 이리저리 따라다니다 일주일간의 여행을 끝내고 집으로 돌아왔다.

그런 내게 변화가 생겼다. 세상 어떤 것에도 흥미를 못 느끼던 내게 궁금한 것이 생겼다는 것은 좋은 징조다. 오대산에서 만난 그 여인이 내게 했던 말들이 궁금해지기 시작했다. 그때의 표정을 떠올려보니, 화를 내는 것도 같았고, 어르고 달래는 것 같기도 하였다. 잠들지 못하는 밤이면 그녀가 내게 준 암호를 풀고자 노력했다.

그러다 보니 나름 어떤 깨달음이 왔다. 그녀의 말이 나를 질책하는 것이라면, 어쨌든 이런 아픔은 결국 내가 만든 것이고, 설사 내가 직접 만들지 않았다 하더라도 인연의 결과로 받아들여야만 할 내 몫이라는 깨우침. 또 한편으론, 힘든 나를 칭찬하고 격려하기 위한 문수보살의 화신이었는지도 모른다는 생각이 들기도 했다. 하여튼 그 여인의 방언 같은 말로 인해 세상만사 마음먹기 나름이란 간단한 명제를 터득하면서 그렇게 힘든 터널을 빠져나왔다.

오대산 여행을 추억하면 생각나는 건 그 여인뿐이다. 아, 또 있긴 하다. 8월 중순인데도 꼭대기에서 얼음을 보았던 기억이며, 가이드의 권유로 중국의 마트에서 빨간 내의를 사서 입고 다녔던 기억 정도. 십 년이 훌쩍 지났지만, 아직도 나는 그녀의 방언을 이해하려고 노력하는 중이다.

그나저나 내게 크나큰 위로와 화두를 던진 그녀는 누구일까?

'고맙다'와 '미안하다'의 차이

한 달 간격으로 일본 열도의 남쪽인 큐슈와 북쪽인 홋카이도를 여행하게 된 인연이 있었다. 일본 여행은 가끔 했지만, 일본의 남쪽과 북쪽을 한 달 사이에 다녀온 소감은 남달랐다.

처음 일본을 여행하는 사람들의 느낌이 그러할까? 나의 첫 일본 방문의 느낌은 한마디로 실망이었다. 선진국 일본에는 뭔가 특별나고 화려하고 신기한 것들이 즐비할 것이라는 기대와는 달리, 너무나 소박한 그들의 삶에 적지 않은 실망을 했었다.

한 가게에 몇 개의 간판을 세우고 뉘어서, 다닥다닥 붙은 간판마다 네온사인을 넣어 불야성을 이루는 우리나라에 비해, 딱 하나의 간판, 게다가 조명조차 하지 않은 간판이 많은 일본의 거리는 우리보다 훨씬 어둡다. 경제 대국 일본은 우리처럼 전기를 물

쓰듯이 쓰지 않는다. 전기료가 비싸기도 하지만 쓸데없는 낭비를 하지 않기 때문이다.

일본의 전원 풍경도 우리의 그것과는 확연히 다르다. 우리는 마을의 배경이 되는 산야의 수목들보다 사람 사는 집들이 돋보이지만, 일본의 집들은 우람한 수목들 속에 숨은 듯이 회색빛 일색에 단조롭고 낮아 경제 대국의 분위기를 찾아보기가 힘들었다. 남들 눈에 튀지 않으려는 그들의 삶의 자세가 만들어 낸 풍경이다.

일본의 역사를 보면, 1185년경 가마쿠라에 무사 정권이 수립된 이후, 1868년 도쿠가와 막부의 실질적인 정치 권력이 황실로 되돌아가기까지 무신들 간의 권력다툼으로 인한 내전이 잦았다. 말하자면 근 칠백 년을 군웅할거의 틈바구니에서 살아남는 방법이었을까? 남에게 튀지 않고 근신하고 또 근신하는 것이 몸에 배어 있는 것 같다.

그 사람이 쓰는 말을 보면 그 사람의 인품을 대강 알 수 있다. 같은 내용이라도 나라마다 표현방법이 다른 것은 서로의 문화가 다르기 때문일 것이다. 같은 한문이라도 한자의 종주국인 중국과 우리나라에서 그 쓰임새는 다른 경우가 많다. 게다가 현재의 중국이 간자체를 쓰면서 우리가 쓰는 한자와는 완전히 다른 글자가 되어버렸다. 그러나 우리나라와 일본의 한자는 거의 같다.

같은 한자를 쓰는 일본과 우리나라의 문화는 비슷한 점도 있지만, 두 나라 사람들의 정서는 많이 다르다. 예를 들어 누가 자리를 양보해 주었을 때나 엘리베이터를 타려는데 먼저 탄 사람이 기다려 주었을 때, 우리나라 사람들은 보통 자신의 입장에서 '고맙다'란 표현을 한다. 그러나 같은 상황에서 일본인들은 상대에게 폐를 끼쳤다는 뜻에서 '미안하다'란 표현을 한다. 우리가 적극적인 표현이라면 일본인들은 소극적인 표현이라고 할 수도 있다.

일본어 중에 '잇쇼-켄메이〔一生懸命〕'는 열심히, 힘껏이라는 뜻이다. 그런데 이 말의 어원은 '일소현면一所懸命', 즉 봉건시대에 주군主君이 하사한 영지를 생활 근거로 하여 거기에 목숨을 건다는 뜻에서 변한 말이다.

오랜 무신정권 아래서 백성들은 주군이 하사한 영지에서 살아남기 위해서는 마을 사람들과 화합하지 않을 수 없었다. 우리나라는 대륙과 붙어 있어 극단적일 경우에 저 간도와 만주까지 야반도주라도 할 수 있었지만, 일본은 경우가 다르다. 고립된 섬나라 백성들이, 게다가 하사된 영지에서 살 수밖에 없었던 그들은 다른 사람들로부터 따돌림당하는 것을 가장 두려워하였을 것이다. 그런 지정학적인 이유로 일본인들은 선천적으로 상대를 배려하는 습성이 몸에 배었을 것이다.

게다가 지진대에 걸쳐있는 섬나라의 자연재해는 서로 근신하고 함께 화합하는 정신을 만들었을지도 모른다. 올 3월에 발생한 후쿠시마 원전사고 당시에도 우리나라 뉴스 방송국은 한 달 넘게 이웃 나라 원전사고 소식에 매달리고 있었지만, 정작 일본 방송을 틀어보면 너무나 차분한 분위기라 사고가 우리나라에서 난 것인가 의구심이 들 정도였다.

말하자면 우리나라 사람들은 일본인에 비해 자기 의사 표시가 확실하고, 자기중심적이며, 활달하고, 감정적이며 직설적이다. 이것은 어느 쪽이 좋고 나쁘고의 문제가 아니라 두 나라의 지정학적인 특성과 역사가 만들어 낸 민족성의 차이일 것이다.

알록달록한 지붕 색깔로 밝고 따뜻한 느낌을 주는 우리나라 농촌 마을 풍경과 달리, 있는 듯 없는 듯 칙칙한 회색빛 일변도의 일본 농가를 보면서 튀지 않으려는 그들의 차분하고 소극적인 정신문화를 새삼 느끼게 된다.

그러나 큐슈지방의 끝없이 펼쳐진 삼나무 숲과 대나무 숲, 열대 밀림을 연상시키는 홋카이도의 활엽수림은 참으로 부러웠다. 화산이 만들어 내는 따뜻한 습도와 비옥한 땅은 가히 숲의 천국을 만들었다. 나는 아직껏 그렇게 광활하고 아름다운 단풍나무 숲을 실제로 본 적이 없었다. 일본은 나무만 팔아도 몇십 년은 살 수 있다는 말에 토를 달 수 없었고, 그들의 훌륭한 조림사업에 탄복할 수밖에 없었다.

그뿐만 아니라 가는 곳마다 솟아나는 질 좋은 온천수는 세계의 관광객을 불러들인다. 자작나무, 참나무, 단풍나무 곱게 물든 숲속 노천탕에는 한국, 중국, 일본 여인들이 함께 몸을 담그고 있다. 이런 곳이 천국이 아닐까? 살짝 배가 아프다.

지질과 기후 탓도 있겠지만 우리나라 산의 수목은 일본에 비하면 너무나 왜소하고 조악하다. 그러나 신은 공평하다고 하지 않는가. 비록 아름드리 거목을 키워낼 수 없는 척박한 땅이지만, 질 좋은 온천수가 여기저기서 펑펑 솟아나지는 않지만, 지진과 화산폭발의 공포에서는 그들보다 훨씬 안전한 곳이 아니던가. 우리나라 금수강산!

천지天池 안 개구리

‘우물 안 개구리’ 소리를 듣지 않으려면 견문을 넓혀야겠지만, 세상을 다 체험할 수 없으니 이래저래 우리는 크고 작은 우물 안 개구리일 뿐이다.

나는 흔히 바보상자라 매도당하는 텔레비전 덕분에 좀 더 큰 ‘우물 안 개구리’가 되어가고 있다. 방송사마다 내보내는 여행 프로그램과 시사프로그램 시청은 내 방식의 ‘앉아서 세계 속으로’ 가는 길이기 때문이다. 소파에 느긋이 앉아, 세계 곳곳의 비경과 그곳에서 살아가는 온갖 사람들의 특이한 생활 방식을 접하면서 참 많은 생각을 하게 된다. 그중 몇 가지를 소개하고자 한다.

◇ '돌화폐'

'돌화폐' 라는 말을 처음 듣는 순간 웃음이 나왔다. 서태평양의 미크로네시아 연방에 속한 '얍' 이라는 섬나라는 아직도 드물게 '돌화폐' 를 사용한다고 한다. 물론 지금은 대부분의 거래에 미국의 달러화를 사용하지만, 땅을 사거나 큰 거래를 할 때는 그들만의 화폐인 '돌화폐' 를 아직도 사용하고 있다고 한다.

특이한 것은 엄청난 크기의 돌화폐를 새 주인집으로 옮기는 것이 아니라 원래 있던 그 자리에 두고 쌍방 간에 소유가 이전되었다는 것을 인정하는 것으로 끝이 난다고 한다. 우리의 부동산처럼. 그뿐만 아니라 커다란 돌화폐를 섬으로 운반하던 중 풍랑을 만나 바닷속에 빠트렸더라도 증인이 있으면 그 돌화폐는 그 사람의 소유가 되어 자타가 부자라는 공인을 한다는 것이다.

우리의 사고로 보면 그네들은 참으로 어리석고 바보 같다는 생각을 할 수도 있지만, 과연 그럴까. 그들이 돌화폐만 사용하던 시절, 종잇조각에 불과한 우리의 지폐를 보고 그들도 웃지 않았을까?

살지도 않는 집과 직접 일구지도 않는 땅을 '자기 것' 이라고 주장하는 우리의 부동산과 그들이 자기 집으로 옮기지도 않고 옛날 그 자리에 두고 자기 소유라고 인정하는 큰 돌화폐는 뭐가 다른가.

주식투자를 하는 사람들 대부분이 현물로 만져보지도 못하고, 인터넷의 계좌에서만 내 것으로 관리되는, 자본주의의 꽃이라 불리는 주식은 또 어떤가. 기업이 부도가 나면 종잇조각조차 없이 사라져버리는 허망한 자산일 뿐이다. 우리가 철석같이 믿고 있는 은행은 어떤가. 평생을 시장바닥에서 힘들게 번 돈을, 한 푼이라도 더 높은 이자를 받겠다고 저축은행에 맡겼는데 어느 날 갑자기 지급 불능이 되어버리기도 한다.

경제 대국인 미국의 은행도 파산하는 지경이니 말해 무엇하리. 이처럼 한평생 노동의 대가가 순간에 사라지는 일들을 현대의 문명국에 사는 우리는 허다하게 목격한다. 그렇다면 바다에 수장되어 있는 돌화폐가 우리의 부실한 금융권에 맡긴 돈보다 견고하다 할 만하지 않은가.

◇ 사육당하는 소녀들

아프리카 '모리타니' 의 소녀들은 살이 찌면 찔수록 최고의 신붓감이 된다. 그러니 이 나라의 부모들은 딸아이가 다섯 살 무렵부터 살을 찌우기 위해 엄청난 양의 우유와 물을 강제로 먹인다고 한다. 물론 좋은 신랑감을 찾아주기 위한 부모의 눈물겨운 노력이다. 모리타니 성인 여성의 1/5, 그중 67%가 열 살 이전에 강제 사육의 경험을 하고 있다니 놀라울 따름이다.

열대여섯 살이 되면 본격적인 사육이 시작되는데, 하루에 먹어야 하는 엄청난 양을 정해놓고 소화를 못 시키고 토하면 토한 만큼 먹이기를 반복한다. 하루에 먹어야 할 분량을 정해놓고 가족과 동떨어져 혼자서 먹고 또 먹어야만 한다. 배고픈 고통을 겪어보지 못한 나는 배가 부른데도 토하면서까지 먹어야 하는 고통이 훨씬 더 클 것 같다.

그렇게 사육당한 소녀들의 대부분은 살이 찌다 못해 퉁퉁 부은 데다 관절염, 당뇨, 심장질환으로 고생하고 있다. 심지어 살을 감당하지 못해 뼈가 부러지는 일도 허다하게 일어난다니 텔레비전 화면을 보면서도 믿기지 않는다.

우리나라를 비롯하여 많은 선진국의 다이어트 시장은 엄청난 것으로 알고 있다. 가끔 가게 되는 체육관에는 에어로빅, 요가, 수영, 스피닝, 벨리댄스, 스쿼시, 실내 승마까지, 실로 많은 현대인이 살과 전쟁을 하고 있다. 한쪽에서는 살을 찌우려고 발버둥을 치고, 또 한쪽에서는 찌지 않으려고 필사의 노력을 기울이니 누가 인간을 이성적인 동물이라 하는가. 세상은 참으로 요지경이다.

◇ 공처共妻

형제 공처 제도는 티벳 남동부 차와룽의 꺼부촌, 남인도 지방의 토다족, 나이지리아 북부의 하우사족 등에서는 아직도 이러한 풍습이 내려오고 있다고 한다. 차마고도에 나오는 꺼부촌의 경우 형이 마방으로 오랫동안 집을 비우게 되면 동생은 집에 남아 가족을 지키고 돌보게 되는 역할분담으로 자연스레 형제 공처를 시행한 것으로 보인다. 또한 남아의 출산율이 월등하게 많아서 그로 인한 여자의 부족과 척박한 환경에서 한 사람의 입이라도 덜기 위한 경제적인 이유도 무시할 수 없었기에 한편으로 그들의 결혼제도는 꽤 합리적이라는 생각도 든다.

최근까지도 동성동본의 결혼조차 금지했던 우리나라 사람의 대부분은 형제 공처를 하는 그들을 천인공노할 불상놈들이라 매도하겠지만, 어찌 보면 그들의 혼인 관계는 사람에 대한 집착과 소유라는 측면에서 우리보다 훨씬 대인의 기질을 가졌다고도 할 수 있다.

'열녀문'은 조선 오백 년 동안, 아니 우리 어머니 세대까지도 가문의 영광이었다. 내 고향 산모롱이에도 열녀문이 있다. 가끔 그 앞을 지날 때마다 가문의 영광을 위하여 저당 잡혔을 그 여인의 자유를 생각해 보곤 한다. 그네들이 목숨처럼 지켜왔던 정절은 이제 망명정부의 지폐처럼 아무 가치도 없어져 버린 지금, 쓸쓸하게 역사의 뒤안길로 사라질 뿐이다.

인간사에 동서고금을 불문하는 법이란 이 세상에 없다는 붓다의 가르침이 무유정법無有定法이다. 그래서, 나는 '우물 안 개구리' 보다 '천지天池 안 개구리' 가 되기를 염원한다.